新潮文庫

撃てない警官

安東能明著

新潮社版

9720

目次

撃てない警官

撃てない警官

1

木戸《きど》和彦《かずひこ》巡査部長、拳銃《けんじゅう》自殺の報が飛びこんできたのは、警視総監室でレクチャーをしている最中だった。来年度、湾岸署が新たに設置されるが、管轄《かんかつ》区域について既存署との線引き問題がこじれ、一応の決着を見たのが先週の金曜日。ほかにも定員問題で湾岸署の準備室長と既存署の署長たちによる綱引きが行われ、その長びいた末の結論をしたためたものが、警視総監の手にある四枚の紙だった。

広々とした総監室には、柴崎令司《しばざきれいじ》と警視総監のふたりしかいなかった。

「刑事課は十五名のままか。大野はのまないのだね？」総監は書類をめくりながら言った。

湾岸署準備室長の大野は、管轄区域が広がる分、すべての課にわたって増員をかたくなに要求していた。

「はい、そのぶん、警備課は二名増の十四名ということで、提案はしたのですが」

苦しい説明を強いられていると、ドアをノックする音がした。秘書室長が顔を見せ、柴崎に向かって軽くうなずいた。

レクチャーの途中で秘書室長が割りこんでくることなど、これまでに一度もなく、柴崎は何事かと腰を浮かせた。

「行ってあげなさい」

「はっ」

総監の一言ではねるようにソファーから立ちあがると、柴崎は静かに部屋を横切り、総監室を後にした。

秘書室の入り口に管理官の三宅《みやけ》がいて、柴崎に目配せすると外に出た。三宅は人気《ひとけ》のない廊下の壁にむきあうように立っていた。

柴崎が声をかけると、三宅は胸苦しそうに息を吐きながら口を開いた。

「どうしてだ」

激しい苛立《いらだ》ちと敵意がみなぎっていた。それが自分にむけて発せられているのを感じて、柴崎は狼狽《ろうばい》した。

「どうして、奴《やつ》を拳銃訓練に参加させたんだ」

「木戸を……ですか？」

三宅は柴崎をにらみつけると、つり上がった口元を震わせながら言った。「術科センターだ。行くぞ」

早足で歩く三宅の横についた。木戸巡査部長が新木場《しんきば》にある術科センターで拳銃自殺をはかり、一命を落としたことを告げられた。

耳を疑った。まさかと柴崎は思った。

制服のまま、三宅はエレベーターに乗りこんだ。ほかにふたり乗っていた。柴崎は三宅の脇《わき》にはりつき、その耳元で総監レクチャーが済んでいないことをささやいた。

「人のことより自分のことを心配しろ」そう言ったきり、車に乗りこむまで三宅は口をきかなかった。

悪い冗談であるような気がして、直属の上司である三宅の言葉が素直に理解できなかった。総監室でやり残してきた仕事が気にかかった。

警視庁地下駐車場から出るとき、柴崎は腕時計を見た。午前十一時五分。総監レクチャーを前にして、朝から忙しかった。柴崎が籍をおく総務部企画課は警視総監直属の筆頭課であり、管理部門としては最高位にある。課の中でも重責を負うのが企画係で、柴崎はその係長職だ。歳《とし》は三十六歳で階級は警部。

目下、最優先の懸案事項は来年度に設置される湾岸署の組織固めだった。一度作った書類を打ち直したり、気になる箇所を再度問いあわせしたりと、それだけで手も頭もいっぱいだった。そこに課長会議に出席していた企画課長の中田《なかだ》から内線で電話が入り、『最近、木戸の調子がいいので、今日の拳銃射撃訓練に参加させるように。健本《けんぽん》には連絡済みだ』との短い連絡があった。九時半すぎのことだ。健本とは、警務部内に設置された職員の健康状態を掌握する健康管理本部のことをいう。拳銃所持の可否についても判断しているが、所属長が許可を出せば健本も承諾せざるをえない。

何の疑いも持たず、木戸を呼びつけてその旨《むね》を話し、保管庫の銃を装着させて送り出した。

となりにすわる三宅に、そうした前後関係を話した。

三宅は中田の携帯に電話を入れ、運転手に聞かれないよう、小声で話しだした。

柴崎が企画係長に抜擢《ばってき》され、異動してきたのはふた月前の三月。そのとき、木戸和彦の鬱病《うつびょう》は快方に向かっていた。出勤時間は通常どおりだが、宿直は課せられなかった。与えられた仕事は犯罪被害者支援にかかわる軽度の事務仕事のみ。犯罪捜査を取り扱わない管理部門である企画課とはいえ、係員の大半は警官で個々に拳銃が与えられ、定期的に射撃訓練の義務がある。訓練時は課員を班分けして、交代で訓練場に向かわせる。しかし、木戸の拳銃は所属長あずかりとなっていた。五月の連休あたりから、かなり回復のきざしを見せ、柴崎自身、完治までそう時間はかからないと見ていた。その木戸に対して拳銃射撃訓練の許可を出したのはほかでもない、企画課長の中田なのだ。

「おまえ、勘違いしてるぞ」電話を切った三宅が洩《も》らした。

「何がですか？」

「課長はそんな電話をしていないそうだ」

三宅の顔をまじまじと見つめた。

「……いや、たしかに自分は」

課長から電話が入ったとき、三宅も席を外していた。戻ってきたのは、木戸が課を出たあとだ。木戸を拳銃訓練に参加させたというのは事後報告になった。課長でないとするなら、電話はいったいだれがかけてきたのか。

「本当に課長だったのか？」

そう言われると、確信が持てなくなった。ほんの数秒足らずの電話だったし、声の質もほとんど覚えていない。

新木場まで、三十分たらずの道のりが遠く感じられた。部下の拳銃自殺という事実が、柴崎のからだに浸透してきた。とてつもない事態に今、自分は遭遇しているのだという思いがこみ上げてきて、吐きそうになった。木戸という人間が心底うらめしかった。どうして、この自分を巻きこんで、自殺などしたのか。警視庁に入って十三年目、これほどの災厄は経験したことがない。

善後策を考えようにも、何もまとまらなかった。術科センターの正面玄関に着くと、待っていましたとばかり記者連中がむらがってきた。

だれが事態をいち早くキャッチしたのか。部内事故はとりあえず秘匿《ひとく》するのが鉄則なのに、いったい、これはいかなることか。疑問ばかりがうずまき、柴崎はパニックになりかけた。

「おまえがまいた種だ。出ろ」

背中を押されるように車から降りると、三宅は車を急発進させて裏口に向かって走り去っていった。

強い紫外線をふくんだ初夏の日差しの中に放り出され、柴崎は一瞬、目がくらんだ。気がつくと記者たちの中でもみくちゃになっていた。顔見知りの記者が口から泡を飛ばして噛《か》みついてきた。

「柴崎さん、亡《な》くなった木戸巡査部長、拳銃所持が禁止されてたんだって？」

どうして、そんなことを知っているのだ。

「企画課長はどこなんですかっ？」

センターの巡査が記者たちを引きはなしにかかると、柴崎は管理棟の中に一目散に逃げこんだ。

2

本庁に戻ってきたのは午後二時をまわっていた。課に着くと、課長の中田から別室によばれた。ご苦労の一言もなく、中田は渋面をつくり、ことの次第をたずねてきた。あったことをそのまま、話すしかなかった。しだいに、中田は興奮してきて、「ですから、課長から電話を頂きまして」と二度目の申し開きをしたとき、堰《せき》を切ったように責めの文句が中田の口から迸《ほとばし》り出た。

「柴崎、そんな電話を俺がするか？」

「はっ……確かに課長の名前を名乗ったのですが」

「俺はかけていない。何度言ったらわかるんだ」

あらためて言われ、自信がぐらついた。企画課に柴崎が異動してきてからまだふた月足らず、中田は別室をかまえていて、ふだんは声はおろか、姿さえ見ない。会議の連続で不在がちで、部屋に出入りするのは理事官と管理官だけだ。仕事はすべて三宅を通じて下りてくる。歓迎会のとき話しただけで、それ以来、ろくに会話さえなかった。だから、電話口で中田を名乗られても、少しも疑わなかった。

しかし、録音しているわけでもないから、当の中田に否定されてしまえば、柴崎の立つ瀬はなくなる。

「本当に内線だったのか?」三宅が横から訊《き》いてくる。

「間違いありません」

「その電話のことはだれかにしゃべったか?」

「いえ、話していません」

「訓練担当にもか?」

「むろんです。ただ、訓練に参加させろと命令しただけです」

術科センターには少し遅れて、本庁鑑識課、捜査一課、監察の係官が相次いでやってきた。三者合同の現場検証によれば、管理棟二階のトイレの中に木戸が入ったのは午前十時四十分頃。発砲音を聞いてセンターの人間が駆けつけたときには、すでに木戸はことされていた。

所持していた手帳に、

〃これ以上、耐えきれない。

どうかお許しください〃

という遺書ともとれる文言が見つかり、その場で自殺と断定された。

午後四時から人事一課で記者会見が開かれる手はずだ。

捜査一課の刑事や監察官には、今朝がたの電話はもちろんのこと、木戸の拳銃が所属長あずかりになっていることも、いっさい、口にしなかった。春先から元気がないようでした、の一点張りで押し通した。新聞記者たちは何か嗅《か》ぎつけているのかもしれないが、このままでは記事にはできまい。

捜査一課の管理官は、はなから単純な自殺と決めつけていたし、監察官も同じだった。死んだ木戸和彦が、訓練が終わったあとも拳銃を所持していたとして、銃の不法所持に問われる可能性はある。企画課長以下、自分もふくめて何らかの処分があるのは覚悟しなければならないが、あの電話のことを隠し通すことさえできれば、この件は鬱病になった一警官の自殺として片づけられるだろう。

しかし、そう簡単にいくだろうか。

もし、あの電話のことが監察に露見すれば、本来、拳銃《けんじゅう》を持たせてはならない人間に拳銃を持たせたことも公《おおやけ》になる。本来、拳銃を持たせてはならないはずの人間に拳銃を持たせて、死に追いやったということで、遺族側は警視庁を相手取り損害賠償請求を起こしかねない。そうなった日には、進退きわまる。

「あとは健本の出方次第ですね」三宅が苦々しそうにつぶやいた。

健本にある管理台帳には、木戸の拳銃所持を認めない旨の記載があるはずだ。

「そっちはいい」

中田がつぶやくと、三宅がぱっと顔を赤らめた。

「そうか、健本の本部長は中田課長の同期でしたね？」

「ああ。木戸の台帳はおさえてもらった。リハビリ期間が明けて、銃所持の許可が出たということにしてもらう」

「そうかぁ、よかった」

「柴崎、わかってるな」押し殺すように中田は言った。

自分を試すように睨《にら》んでいるふたりの視線を感じながら、

「もちろん、このことはだれにも洩らしません」

と答えるしかなかった。

三人の黙約が済んだところで、中田と三宅は人事一課へおもむき、柴崎は課に戻った。

木戸の机は身ぐるみ剝《は》がれたように、変わり果てていた。私物もふくめて、監察官がすべて持ち去っていったと部下から聞かされ、柴崎はまったく落ち着けなかった。

記者会見は無事に乗りきることができた。それが終わって、監察から課長と三宅ともども、木戸が自殺するまでに至った経緯をしつこいほど訊かれた。例の電話の件は三人ともいっさい口にしなかった。銃の所持について、健本がらみで訊かれることもなく、午後九時近く、ようやく解放され家路についた。

帰りの電車の中、すべての夕刊紙を買い求めた。

〝警視庁の警官が拳銃自殺

五月二十一日午前十時四十五分ごろ、新木場にある警視庁術科センター内のトイレで、警視庁総務部企画課の巡査部長（二十八）が、頭から血を流して死亡しているのを職員が見つけた。巡査部長のそばに拳銃が落ちており、警察は拳銃を使って自殺したとみている。調べでは、巡査部長が死亡していたのは二階のトイレ。当日は拳銃射撃訓練に参加していた〟

どれも似たような文言が並んでいるのを確認して、経堂《きようどう》駅で電車を降りると、ホームのゴミ箱にそれらを捨てた。これまでのところ、自分が受けた電話のことは明るみに出ていない。

官舎までの足どりは重かった。自宅のドアのチャイムを鳴らすと、すぐそこで待っていたみたいにドアが開き、けわしい顔をした雪乃《ゆきの》が顔を出した。

「どうでした？」

すでに事件のことは耳にしているらしく、心配でならないといった様子だ。

「ああ……済んだ」

ダイニングキッチンに入り、冷蔵庫わきの狭いスペースにある自分の椅子《いす》にすわりこむ。

「あなた、それ」

手にさげたままでいたカバンに気づかず、雪乃がとりあげて椅子にのせた。着替えをする気力もなく、ネクタイをしめたまま深々と息を吸った。

長男の克己《かつみ》は自室にいるらしく、壁を通してテレビの音が聞こえてくる。拳銃自殺はおろか、来年は中学に入るというのに、ニュースなどは見てもいないだろう。だいいち、父親が警視庁のどこで働いているかも知らない。

とりあえず、冷えたおしぼりで顔をぬぐい、手をふいた。

雪乃が食卓上にかけられたふきんをとると、ふろふき大根とこんがり焼けた鮭《さけ》の切り身が現れた。瓶ビールの栓がぬかれ、コップにつがれる。

ひといきにそれを飲み干した。冷たいだけで旨《うま》みはなかった。

「大変なことになったわね」雪乃が椅子に半身だけ腰かけて、ビールをおいた。

小さく薄い唇にピンクの口紅をひいている。知り合って間もない頃、この唇に惹《ひ》かれたことを柴崎はついでのように思い出した。

雪乃はその頃、北沢署の地域課で婦警をしていた。短大を卒業して警視庁に入り、三年目だった。結婚と同時に雪乃は退職した。父親の山路《やまじ》直武《なおたけ》はノンキャリアで第七方面本部本部長まで登りつめた警官だ。今は退官して足立区にある総合病院の総務部長におさまっている。

「木戸さんて、一度見えた方かしら?」

「いや、来ていない」

木戸の名前が出て、まだ緊張がとけていないのを柴崎は感じた。

「よっぽど、具合悪かったの?」

「いや、もう治りかけていた」

部下のひとりが鬱病《うつびょう》だと、何かのおりに洩《も》らしたことがある。軽率な言動だった。

「あなたが悪いことしたわけじゃないし、ここはがんばって乗りきらないといけないわね」

早くもプレッシャーをかけてくる雪乃に、柴崎はその父親の顔を思い出さないわけにはいかなかった。

自分がここまで順調に昇任してきた陰には、直武の後ろ盾があった。『三十五歳までに警部になれば署長はかたい。努力次第で方面本部長、参事官まではなれる』とことあるごとに発破をかけられ、それに応《こた》えるために努力を重ねてきたから今日《こんにち》がある。こんな事件で昇任コースから外れてしまうのは、耐えがたかった。

「飯にしてくれ」

湯気の立つ白米を盛り、こちらにさしだした雪乃の顔には、頼もしいという表情が読みとれた。

しかし、飯粒はすんなりと喉《のど》を通らなかった。

がんばって乗りきらないと、という雪乃の言葉のせいだと柴崎にはわかっていた。

都内の私立大学の法学部を卒業して警視庁に入った。警察学校を上位の成績で卒業後、二年半、北沢署で勤務した。地域課を経て生活安全課にいたものの、それ以降の十年間は本庁の管理部門に籍をおいている。給与課、会計課、人事二課とまわり、昇任試験を一発合格しながら階級を上げていった。服装、身だしなみに人一倍神経を使った。朝八時には出勤し、午後七時まで居残るようにした。急な宿直も率先して引き受け、優良警察官表彰も受けている。当面の目標だった警部には、三十四歳で昇任した。

そして、この春、晴れて企画課勤務を命ぜられた。この栄転には文句のつけようがなかった。しかし、問題がないではない。企画課はなんといっても、警視総監直属であり、警察業務全般に目配りし、それを動かす役目を負っている。いわば警察の中枢《ちゅうすう》なのだ。それまで、単純な事務仕事ばかりをこなしてきたのとは、けたちがいの仕事の質と量だった。

風呂《ふろ》に入り、ふとんに横になっても張りつめたものがぬけなかった。

トイレの中で息絶えた木戸の遺体がよみがえってきた。これまで身内の遺体は何度か見たことがあるが、赤の他人の、しかも、凄惨《せいさん》な自殺体など見たことがなかった。木戸は喉元に下側から銃をあて、引き金を引いた。床にはおびただしい鮮血が流れ、壁には茶褐色の脳漿《のうしょう》が飛び散っていた。悪夢に近かった。明日行われる通夜《つや》には、どのような顔をして行けばよいのか。

そのことを思うと、腋《わき》の下にじわりと汗がにじんできた。

精神科へ通院していた事実を知っているのは、ほかならぬ遺族だった。彼らが拳銃を持たせ、訓練に行かせたことに対して、疑問を感じないはずがない。会えば、必ず訊かれる。そのとき、どう答えたらよいのか。

今朝の電話だ。係長席にいる自分の電話にかかってきた。あれはやはり課長の中田からだったのではないか。もし、中田でないとすれば、あれはいったい、だれが何の目的でかけてきたのか。木戸が自殺することまで見越して、かけてきたのか。単なるいたずらであるはずがなかった。木戸を恨んでいる者なのか。どうして、係長席にかかってきたのか。そこまで考えると、背筋に冷たいものが走り、柴崎はふとんから跳ね起きた。

もしかして、あの電話は自分を陥《おとしい》れるためのものだったのか。

3

通夜は木戸の実家のある千葉の船橋で行われた。喪服姿の警察関係者たちが、式場として借りあげられたホールに続々とやってきた。木戸の未亡人が柩《ひつぎ》に寄りそい、参列者ひとりひとりに頭を下げていた。気の毒なほどやつれて、今にも倒れるのではないかと思うほど憔悴《しょうすい》しきっている。

中田、三宅と順番に線香をたむけ、柴崎の番が来た。未亡人にも遺体の顔にも目を向けることができず、ただ手を合わせただけで、引き下がった。焼香を済ませて参列者のうしろにつき、式場を見わたした。

五十がらみの、小づくりの男が出口近くで参列者にあいさつをしていた。体つきも顔も、木戸と似ていたので、父親の木戸誠司《せいじ》であるとわかった。

木戸誠司は現役の警官で、捜査一課に在籍している。刑事としては優秀だが、職人《しょくにん》気質《かたぎ》が強くて、仲間内で衝突することも多いとは聞いていた。職業柄だろうか、未亡人とはちがって、父親は落ち着いているように見受けられた。その誠司が中田をみとめると、こちらに歩みよってきたので柴崎は身を硬くした。

誠司は中田の前で立ち止まると、深々と頭を下げた。

「このたびは突然のことで、お悔やみ申し上げます」中田は平然と言ってのけた。

「いえ、愚息が大変なご迷惑をおかけしたのではないかと思います。どうか、ご容赦くださいますでしょうか」低い声で一語一語、はっきりと誠司は言った。

「いや、お父さん、そのご心配には及びません」三宅があいだに入った。「わたくしどもといたしましても、本当に何と申し上げてよいのかわかりません。くれぐれも、お力をおとされませんよう、お祈りするばかりです」

何食わぬ顔で話すふたりの横で、柴崎は申し開きの言葉を考えていたが何も浮かばず、誠司のほうからやってきて、「柴崎係長さんですね」と名前を呼ばれたとき、言葉につまった。

「せがれから、お名前は聞かせていただいておりました。あれほどお世話になっておきながら、まったく、大変なことをしでかしてしまいまして……」

ここにきて、こみあげるものがあるらしく、誠司は嗚咽《おえつ》をこらえながら、柴崎の手をにぎりしめた。

「このたびは大変残念なことになってしまって」とだけ柴崎は口にした。亡《な》くなった和彦とは、ふた月足らずのつきあいだし、世話というほどのこともしていない。むしろ、迷惑に思ってこちらから避けていたくらいだ。しかし、親からすれば、直属の上司はいちばん、息子に近い存在なのかもしれなかった。よくよく考えてみれば木戸和彦が鬱病にかかった理由は、はっきりしなかった。職場でいじめがあったわけでもなく、仕事がきついと訴えられたこともない。前任者からあれには気をつけておくように、と申し送りされたにすぎない。

誠司はふと威嚇《いかく》するような鋭い視線を参列者の一画にあて、「石岡《いしおか》」と押し殺すような声でつぶやいた。柴崎はつられてそちらを見た。手を放し早足で去っていく誠司と入れかわるように、未亡人の圭子《けいこ》が柴崎の前に立っていた。

「奥さん、このたびは本当にご無念なことになりました」と当たり障《さわ》りのないことを口にする。

「主人がお世話になりました。係長さんのことは、たびたび、うかがっておりました」意外にはっきりとした声だった。

「いや、何もできませんで」言いながら会場に目をやると、隅の方で誠司が四十がらみの男と面とむきあい、にらみ合っているのが見えた。

「それで……」圭子は何事か言いたそうに柴崎の目をのぞきこんだが、思い直したようにその場で身をひるがえして、参列者の中に戻っていった。

自分たちに対する遺族の対応が思いのほかよかったのは、やはり拳銃自殺という衝撃的な手段で命を絶ったことに対して、迷惑をかけたという気持ちが強く働いているからだろう。射撃訓練にまで至った細かな経過については、むしろ、遺族側がふれたがらなかった。それはそれで、ありがたいことだった。とにもかくにも柴崎は肩の荷がおりたような気分で課に戻った。

ひとり欠けた係員の総勢は七名。うち、四人が柴崎より年上だった。

その七人は申し合わせたように、ひとこともねぎらいの言葉をかけてこなかった。

席につくなり、無言の圧力を感じて七人の顔を見たが、だれひとり、目を合わせようとはしなかった。それは柴崎の失態を知っているが、組織の手前、黙っているのだというようにもとれた。しかし、柴崎は遺族と会って、むしろさばさばした気分だった。たまたま、部下の自殺に運悪く自分がめぐりあったのだとさえ思えた。ここで弱みは見せられない。

だいたい、おまえたちにそんな顔ができるのかと言いたかった。

柴崎の目から見て、仕事のできる人間はこの中でひとりもいない。エリート然とした顔をしながら、右から左へ片づく単純な事務仕事しかできず、それをカバーしているのが、この自分ではないかといつも思う。

そんなことを思いながら、未決箱にたまった稟議《りんぎ》書類の山に手をつけた。

公安委員会あてに提出された苦情の一覧とその処理結果の報告書だ。斜め読みして判を押す。そういえば、警視総監に対する新設署のレクチャーはどこまで済んでいたのだろうかと気になった。来週は警察庁との会議もひかえている。忙しい折、よくぞ自殺などしてくれたものだと柴崎は、ふたたび激しい憤《いきどお》りが胸の奥に広がるのを感じた。

稟議書類の中には専門性が強く、柴崎の理解を越えるものもある。自分が専任している新設署の設置についても、刑事経験のない自分には、正直なところ、判断がつきかねる場面が多かった。しかし、起案した部下に訊《き》くのは業腹《ごうはら》だし、いちいちそんなことをしていては、書類がたまっていくだけだった。さほど吟味せずに判を押しても、上から差し戻されてくるものはほとんどなかった。

木戸和彦の初七日《しょなのか》がすぎて、監察から木戸の所有物が返ってきた。私物と公有物とに分け、私物だけを袋につめて、柴崎は木戸の未亡人が住んでいる目黒の官舎に出むいた。

自殺直後とはちがって、木戸圭子はそれなりに気力を回復していた。居間に上がって、仏壇にある和彦の遺影に手を合わせて線香をたむけた。それを済ませると、庶務からあずかった書類の説明をしてやった。少なからぬ慰労金も出た。幸い、ふたりのあいだには子供がなく、圭子は独り身になって残された人生を自由に生きていくことができるだろう。そう思うと、心が軽くなった。私物の入った袋を手渡し、帰ろうとしたとき、圭子がさめざめと泣きだした。

「奥さん……どうかされましたか？」柴崎は労《いた》わるように言った。

「係長さんは知らないだろうけど、わかってたんです、わたし」

圭子はサイドボードの引き出しから、白い封筒を取り出して中身を見せた。

ひと組の男女が腕を組み、からだをぴったりと密着させて、繁華街を歩く写真だった。冬らしく、ふたりとも厚着だ。斜め前から撮られていて、男のほうが亡くなった和彦であることはわかった。女はすらりとした体型で髪をわずかに染めている。なかなかの美人だが、目の前にいる圭子とは別人だ。

「その人とつきあっていたんだわ」憎々しげにつぶやいた圭子の目から涙は消えていた。

「この写真を撮ったのは奥さんですか？」

圭子は目をむいた。「ちがいます。こっそり、送られてきたんです。たまたま、わたしが開封してしまって、それで……」

写真からすればそれは嘘《うそ》ではないように思えた。この写真はいったい、どうしたのか。訊いてみると、圭子は堰《せき》を切ったように話しだした。

「わたし、その写真を主人に見せて、どこのだれなのって問いただしたんです。そしたら、岩本利恵《いわもととしえ》という女で仕事上のつきあいとか何とか……もう、悔しくてそれ以上は聞きませんでした。でも、きっとこの女のせいであの人は死んだんだわ。きっとそう、そうにちがいないの」

「……この写真のせいで、ということですか？」

「この女とつきあってるのを知られて、あの人、すっかり気が変になってしまったんです」

ふたたび、圭子は泣きくずれた。

封筒の裏には何も書かれていなかった。中に紙切れ一枚、入っていない。

「だれが送ってきたのかわからないんですか？」

「わかりません」

「送られてきたのはいつですか？」

「今年の初め」

柴崎はようやくことの次第がわかりかけてきた。

笑みを浮かべて抱きあうふたりは、心底幸せそうだ。しかし、こんなものを見せつけられた妻の気持ちは想像にあまりある。それより、この写真を撮った人物の意図が不可解だった。どうして、これみよがしに家に送りつけたのか。……脅しか。もう一度、写真を見た。よく見ると、女のほうに引っかかるものを覚えた。

「あの、奥さん」柴崎は声をかけた。「このことはだれかに言いましたか？」

圭子は首を横にふった。

「ご実家やご主人のお父さんにも?」

「今日がはじめてです。係長さんの顔を見たら、たまらなくなってしまって。ああ、ごめんなさい」

本庁に戻ると、中田や三宅につかんできたネタを話そうかどうか迷った。あれから一週間がたち、ふたりの口から木戸和彦の名前は出てこない。ここで話したところで、ふたりから迷惑がられるのは目に見えていた。三宅は知らぬ存ぜぬを貫くだろうし、課長の中田にいたっては、「あれを殺したのはおまえだ」とうそぶく有様だった。都合のいいときだけは幹部になり、そうでなければ職員を装《よそお》う、あってはならない幹部の典型だ。

自分をはめようとする何者かの意志を、いまや確信に近い思いで感じ始めていた。中田、あるいは中田の名を騙《かた》った別のだれかは、木戸に対して訓練に参加するよう〝独断〟で命令を出したとして、柴崎を陥れようとしたのではないか。この自分を企画課から追い出す口実を作るためにだ。しかし、木戸はその思惑の範囲を越えて、自殺してしまった。

部下の愛想のなさは相変わらずだが、目先の仕事が山となっていた。一件一件、確実に片づけていかなくてはならないが、木戸の家に不倫の現場写真を送った人間のことも気になって仕方なかった。その人間が先週、自分の席に電話してきた男と同一であるように思えてならなかった。ひょっとして木戸は、その男から執拗《しつよう》に脅しを受けていたのかもしれない。それが鬱病《うつびょう》になった原因ではないか。

午後六時すぎ、課員が家路につくのを見はからって、柴崎は木戸和彦が残した公有物の中から、一冊のファイルをとりだした。〝犯罪被害者の会関係〟とある。

ぱらぱらとめくっていると、その会報が目にとまった。

犯罪にあった三人の被害者が集まり、仮名による座談会形式の話にまとめてある。その中ほどに三人の写っている小さなスナップ写真があった。目のところに線が引かれて、人相がわからないようになっている。右端にいる女が目にとまった。まじまじとそこを見つめた。

顔の輪郭や体つき、全体から受ける印象。すべて木戸圭子から見せられた写真の女と似ているような気がした。

会報の日付は去年の十月になっている。企画課に着任したとき、まとめて見ていて、それで思い出したのかもしれない。

木戸の残したほかのファイルをすべて見てみた。

犯罪被害者関係の三冊目のファイルに、手書きのメモがあった。そこに岩本利恵という名前を見つけたとき、柴崎は顔をはたかれたような衝撃を受けた。メモには、ほかにも五人の男女の名前や住所や携帯の電話番号が書かれてある。連絡を取るためのメモにちがいないように思われた。

もしかすると、木戸和彦は犯罪被害者の女性と不倫関係におちいっていたのかもしれない。しかし、肝心の岩本利恵がかかわった事件については、どこにも記載がなく、座談会の本文を読んでみるしかなかった。岩本と思われる女がしゃべっている内容からして、事件は、北区で連続発生した強盗事件らしかった。岩本は犯人に刃物で腹を刺されて重傷を負い、犯人は捕まる寸前に、埼京線《さいきよう》に飛びこみ自殺をしている。

〝北区で連続発生〟〝女性が刺傷〟〝犯人は埼京線で自殺〟

それなりに手がかりはある。パソコンを立ち上げて、インターネットにつなげた。まずグーグルに入力してみた。ひとつもヒットせず、次に新聞社のニュースサイトで検索してみたが同じだった。

自分が刑事なら、あっさりと事件の詳細を知ることができるかもしれない。しかし、事務屋だから、たとえ被害者の名前がわかっているとしても、これ以上、知りうる立場にはない。ましてや、岩本利恵本人から話を聞くことなど言語道断だ。まったく、何ということだと柴崎は思った。ひとつの警察署をゼロから生み出そうとしているのに、たったひとつ、それも、どこにでも転がっているような事件を調べる術《すべ》がない。

自宅に帰っても、悶々《もんもん》として寝つけなかった。

翌日は土曜日だった。朝から近くの図書館に出むいた。去年の新聞の縮刷版を広げて、片っ端からめくっていった。おそろしいほど忍耐のいる作業だった。昼近くになっても、目当ての事件は見つからなかった。仕方なくカウンターで相談すると、大手新聞社のデータベースを紹介された。使い方を教わり、さっそく、キーワードを打ちこんだ。

あっさりと事件が表示された。発生から順を追って、十二件ある。

北区連続強盗事件。逮捕寸前の犯人を取り逃がす。その他もろもろ。

八件目の記事に、岩本の名前も出ていた。十二件すべてを印刷して図書館を出たときは、正午をすぎていた。

4

情報は得たものの、ふたたび柴崎はつまずいた。木戸和彦の浮気相手だった可能性のある女や事件のことはわかったが、これから先、どう調べてよいのかわからない。

木戸の残したものをいくら調べても、住所と携帯電話番号以外に岩本利恵の情報は見当たらなかった。最後の手段として、直接、岩本と会い、ことの真偽を問いただすしか手はないが、はたして岩本が浮気していたことを認めるだろうか。死んでしまった木戸和彦との仲を根掘り葉掘り訊きたがるこちらのことを怪しんで、ほかの人間に相談でもされた日には、完全にアウトだ。刑事経験が多少なりともあれば、ここを手がかりにして見えない敵にたどりつくことも可能だろうが、悲しいかな捜査に関する知識も経験もその辺にいる高校生と何ら変わりはない。

「……組《そ》対《たい》についてはざっくばらんに申しますと、部内でも混乱しているのが実情なんです」中田課長があっさりと言ってのけた。

ずらりと並んだ警察庁キャリア組の視線が、中田に注がれた。まずい、と柴崎は思った。月一度行われる警察庁との連絡会議の席で、今日の議題は警視庁が五年前、〝組織犯罪対策〟を冠して新設した五つの課の取り扱いについてだった。それまで暴力団犯罪を受け持っていた捜査四課が廃止され、その中身が切り分けられて組織犯罪対策の名のもとに、ふたつの課へ移された。国際犯罪組織や銃器、薬物取締りなどについても、同じ名称のもとに、新たに設置された一連の課が扱うことになった。それにともない、大幅な人員増が行われた。が、それをそっくり県警レベルまで持ちこむとなると、人手がいくらあっても足りないという悲鳴が地方から上がっているのだ。しかし、警視庁としてはここで引くわけにはいかない。

刑事企画課のキャリアが口を開いた。「でしょ？　警視庁でさえそうなんだから、各県警は非常に困惑してるんですよ。といいましても、組織改正から四年たっているわけだから、もうそろそろきっちりとした対応をとらないと、警察に対する信頼がゆらぐのではないかと危惧《きぐ》しているわけなんですよ。いかがですか、柴崎さんは？」

「は、わたしとしては、時代の趨勢《すうせい》といたしまして、犯罪がより緻密《ちみつ》、集団性を帯びてきていると肌で実感しておりまして、それに対応するためにはいたしかたない組織改革であったかと存じます」

言っている自分の口が空々しかった。暴力団犯罪については新聞報道の知識しか持ち合わせがなく、銃器や薬物もしかりだった。議論にもならず、キャリアたちはサイバーテロへと議題を移していった。

昼前、課に戻るとき、エレベーターに同期の福島恒平《ふくしまこうへい》が乗りこんできた。

「いよっ、元気？」官給品ではない上等なスーツを着こんではいるものの、短く刈り込んだ髪とマッチしていない。

福島が捜査一課に転じてから、七年近くたっている。その前には二年ほど所轄《しょかつ》に出たが、すぐ一課に呼び戻された。使える刑事という評判で通っている。しかし、階級は柴崎よりふたつ下、いまだに巡査部長だ。ただの使い走りにすぎない。

「今日は何なんだ?」耳元にささやきかけてみる。

「新宿で学生のツッコミあっただろ」福島はふりむいて大声をあげた。「あれに狩り出されるのよ。ちんけなヤマだ、まったく」

マスコミを連日にぎわせている学生による集団暴行事件だ。そうはいうものの、当の福島は愉快でならないといった表情を漂わせている。そんなことを他人がいる前であっさりと口にする神経がわからない。これだから、刑事と名のつく輩《やから》はだめなのだ、と柴崎はいつも思う。人権とかプライバシーなどいっさい、おかまいなく、番犬のように与えられた犯罪という餌《えさ》に飛びつくしか能がない。

「しかし、管理部門さんはちがうなあ、ぱりっと制服着てるし」福島は皮肉っぽくつぶやいた。

警察学校では気が合って、しょっちゅう、いっしょに飲み食いした仲だが、近ごろは会うたび、こうだ。

エレベーターが捜査一課のある六階で止まると、福島は柴崎の制服の胸元にある階級章を指でつまみ、「こいつ、重そうだなあ」とつぶやいた。

降りようとした福島をひきとめて、十七階のボタンを押した。エレベーターは上昇を続ける。

「あれ、十一階で降りるんじゃないの」などと軽口をたたく福島の腰元を押さえつけて、十七階にある喫茶室につれこんだ。

「話があるならそういえよ」福島は迷惑そうにつぶやくと、奥まった席についた。

柴崎はコーヒーをふたつ持って、福島の前にすわった。

「実はひとつ、たのみたいことがある」柴崎は低い声で言った。


午後二時をすぎて、本庁一階の大食堂はがらんとしていた。

二時間前に会った福島の声が耳元に残っていた。階級章が重いとはよく言ってくれたものだ。しかし、似たような話は耳にタコができるくらい聞いている。

今年から五年後まで、団塊世代の警官たちが毎年二千人ずつ、一気に退職していく。彼らは長年、捜査を牽引《けんいん》して、膨大なノウハウをためこんできた。その連中が抜けるにともない、現場では経験のない管理官や課長、係長が急ごしらえで作られている。もしかすると、自分もそのうちのひとりなのかもしれない、という思いもある。抜擢《ばってき》などというきれいごとからほど遠い、どさくさまぎれ、玉突き人事の末の異動……。

それはそれでよしとしなければならなかった。

それにしても、福島をはじめとする刑事とはいかなる人種なのか。昇任しようという気概もなく、ただ目の前にある仕事にしゃぶりつくだけが能だ。しかし、嬉々《きき》として仕事に向かう、あの屈託のない明るさは何なのだろう。しかも、全身全霊をこめて。久しく見たことのなかった人間を目の当《ま》たり《あ》にしたような、まぶしいものを感じたのも事実だ。

「すいません、遅れまして」ぜい肉のついていない、すらりとした若い男が目の前にすわり、頭を下げた。

「久保《くぼ》さん?」

「はい」

「お呼びたてして、もうしわけありません」

「いえ、で、どのようなご用件でしょうか?」

いきなり踏みこんできた男に福島と同じ臭《にお》いを感じ、一瞬、嫌気がさした。

福島と同じ捜査一課の刑事だから無理もない。北区の連続強盗事件の捜査に加わっていて、たまたま、本庁にいるということで紹介された。相手からすれば、この自分は企画課の企画係長という要職にあり、一般の警官からすれば遠い存在であるはずなのに、久保はひとかけらの警戒心すらいだいていないようだった。

「わたしの仕事の関係で、犯罪被害者関係の調べを進めているのです。ありますよね、被害者の会。うちの課が主管なんですよ」

「はあ」

「ひとつ、モデルケースにしようと思っている事件がありましてね」

久保は納得した様子で言った。「聞いてますよ。うちがやった北区のオシコミでしょ」

「ええ……そうです、それなんですけど」

一秒でも早く、岩本利恵のことについて訊《き》きたかったが、いきなり核心に入っては怪しまれる。

「あれだけの事件でしたから、かなりご苦労されたんじゃないかなと思いましてね」

「いやぁ、苦労しましたですよ。かれこれ二年前になりますけどねえ」

「ホシは飯塚保夫《いいづかやすお》という男ですね、広島出身でフリーターをしていたということでしたが」

「野郎、フリーターなんて上等なことしちゃいません。シャブ中のひどい奴《やつ》でしたよ、ほんとに」

下卑た調子で久保は話しだした。「若い女、つけまわしちゃあ、ヤサつきとめて夜中、ひとりのときを見はからって押しこむんですよ。いい女だと野郎、ぼこぼこにしてはめやがるんだ」

まだ、刑事になりたてだというのに、言葉づかいは、早くもすれきっている。まったく、刑事という連中は好きになれない。

「ああ……そうですか」

相づちを打つと、久保は下品な言いまわしで、事件のことをしゃべりだした。ほうっておくと、何時間でもこのまま話しこむのではないかと思いながらも、我慢して聞き役にまわった。興奮し、ときに顔を赤らめて話すのを聞いているうちに、柴崎は警官になりたての頃を思い出した。もともとは、自分もこの男と同じように悪を憎み、弱きを助ける警官という職にあこがれて警視庁に入った。それがいつの間にか、現場から遠ざかってしまい、事務仕事に頭を痛めている。たった十二年でこうも変わるものなのか、などと感傷めいたことを抱くうちにあやうく、被害者がナイフで刺された、というところを聞き逃しそうになった。「そ、それです。その女性……岩本利恵さんという方ですね？」

「そんな名前だったと思いますよ。抵抗して腹、ぶっ刺された女ですよ。おとなしく、じっとしてりゃよかったものをですね」

「金品も奪われたんですよね？」

「根こそぎですよ。あのときは、ほんとにまいりましたよ。うちがホンボシで野郎に目ぇ、つけてたときですからね。べったり、行確《こうかく》（行動確認）つけて張ってたんですが、野郎、するっと抜けだして、女んとこに入りこんだんですからね。もうツッコミはあるわ、けが人が出るわで、うちの面目丸つぶれですよ」

聞き捨てならないことだった。

「そうですか……彼女も大変だったでしょうね」

「鳥取の田舎からおとうちゃん、おかあちゃんが出てきて、さんざん嚙《か》みつかれましたよ。大騒ぎでしたわ。一課から応援にきた係長は一刻も早くシャブ中でガラとれっていうし、所轄の木戸さんあたりは、しっかり足場固めしてからだってきかねえし、そっちの方が大変でしたよ。まあ、僕も刑事になりたてで、ああ、こんなふうにやるんだあ、なんて後ろのほうで見てましたけどね」

「木戸さん……ですか？」

「この前、自殺した警官のおやじさんですよ」

思わず、柴崎は言葉をのみこんだ。木戸の父親……誠司が捜査に関わっていたのか。

これは、いったいどういうことなのか。

「あっ、係長さんとこの人でしたね」

久保は自殺した木戸和彦の所属を思い出したらしく、申し訳なさそうに言った。

「それは関係ないですけどね」柴崎もつい、弁解するようにつぶやいた。

5

警部という階級はおいそれと到達できるものではない。自分の昇任をかえりみない連中は、日夜、犯罪とむきあっているということを口実に試験勉強はおろか、社会人として必要な教養も身につけようとしない。大多数の警官はせいぜい、退職するまでに警部補になっていれば御《おん》の字くらいに思っている。警部補など、警視庁には掃いて捨てるほどいる。しかし、警部は全体の六パーセント足らずしかいない。いわば、警部こそが警視庁を動かしているのだ。そう自分を叱咤《しった》してみるものの、いまひとつ実感が湧《わ》かない。

たとえば、係長席の横に立てかけてある折りたたみ椅子《いす》だ。

自己啓発の本をヒントにして、悩みを持った係員が自分に相談しやすいようにと置いてある。しかし、係長として着任以来、一度もこの椅子が使われたことはない。まったく意固地な部下ばかり持ったものだとつくづく思う。

六月に入って、ぐずついた空模様の日が多くなった。晴れの日はほとんどなく、傘なしでは通勤できない日々がつづいた。そうこうしているうちに、国会では、警視庁組織と道府県警察組織とのアンバランスが問題となり、そのQ&Aづくりに精を出した。

月なかば、木戸和彦巡査部長拳銃《けんじゅう》自殺の事案にかかわる処分が出た。中田課長、三宅管理官、そして柴崎。三者とも、〝総務部長注意〟というもっとも軽いランクの懲戒だった。しかし、あろうことか、新聞の片隅に載せた全国紙もあり、それはそれで忸怩《じくじ》たる思いだった。

処分こそ小さかったものの、このまま人事一課が手をこまねいているはずがないことは、柴崎には容易に想像がついた。信賞必罰。処分は厳正に人事に反映させる。それが警視庁人事の基本なのだ。課長の中田は生き残るべく、水面下で工作をしているだろう。今月末にも、人事異動の内示が出るかもしれない。

しかし、そう思うと何か、ひとくぎりついたような気分もして、もう一度、例の電話の件を調べる気になった。敵の喉頸《のどくび》をつかまえなければ、この先の警察人生でいつまた、虚をつかれるかわかったものではない。

手がかりはある。あとはそれを、どう実証していくかだ。会うべき人間と会い、話を聞き出して裏付けをとる。そこから先のことは、わからない。しかし、喉元に刺さった棘《とげ》は抜かなくてはならない。手はじめにするべきことは、身近なところにある。

夜九時、課員がいなくなった課で、柴崎は庶務の机から去年の人事発令書のファイルをとりだして、おもむろに開いた。

北区連続強盗事件の捜査本部に所属していた捜査員は所轄もふくめて、総勢十二名。名前だけは何とか久保から聞き出した。ひとりだけ始末書を書かされて一応の決着を見たらしいが、その人間の名前はとうとう久保の口から出なかった。しかし、始末書を書かされたとなれば、当然、異動をふくめて処分が出ている可能性がある。

事件直後の三月一日付けの発令書を開けてみた。旧所属が捜査一課の人間だけを見ていく。根気の要る作業だった。二十分ほど続けていると、奇妙な名前にゆきあたった。どこかで見たか聞いたか、思い出せなかった。しばらく考えているうちに、木戸和彦の葬式のとき見た光景がようやく柴崎の脳裏によみがえってきた。

中央線東小金井駅の北側に、マッチ箱を立てたような、一戸建ての建て売り住宅団地がある。柴崎の自宅から車で二十分の距離だ。今日が非番であることは調べてわかっている。あとは本人を待つだけだった。うまいぐあいに、駐車場の広いラーメン屋が近くにあり、そのはしに車をとめて、待った。まだ日は高かった。

昨日、宿直明けに中田から課長室に呼ばれた。七月一日付け発令として、総務部企画課企画係長から、綾瀬《あやせ》署警務課、課長代理へ異動と告げられた。中田課長と三宅管理官は留任。自分だけが詰め腹を切らされた格好だ。これほどあからさまな人事はなかった。とてつもない左遷《させん》ではないか。しかも、この自分だけがすべての罪を着せられて、三日後には、本庁を追い出され、あの片田舎にある犯罪件数の多い庁舎に赴かなければならない。その日のことを思うと、腹立たしさよりも悪寒《おかん》が先走った。

どんとハンドルを叩《たた》いたのと、目当ての家から犬をつれて男がふらりと現れたのが同時だった。

柴崎はバッグをたずさえて車をあとにした。男のもとに歩みよる。グレーのカーディガンに紺のスラックス。狭い額に小利口そうな小さな目をしている。男の歩く前にたちふさがるように、柴崎は位置についた。「石岡さんですね？」

警察手帳を相手の鼻先に突きつける。

石岡はぽかんとしたまま、それと柴崎を交互に見た。

「この先に公園がありますね。そこまでお付き合い願えませんか？」

あっ、わかった、ちょっと待って、犬、おいてきますから、と一応、こちらのことを立てているように見受けられる。待っていると、石岡はサンダルから靴にはきかえてやってきた。

無言のまま、先だって柴崎は歩いた。

相手は、自分が訪ねてきた理由を、気づいている気配が感じられた。歳《とし》は四十二歳。小松川署交通課課長代理の石岡稔《みのる》。木戸和彦の葬式に現れて、父親の誠司の不興を買った男だ。

公園にはいると、ベンチに腰をおろした。

「わたしのことはご存じですね？」石岡の顔を見ないで、柴崎は言った。

石岡は何も答えなかった。わざとらしいにも、ほどがある。

こめかみに熱を感じたが、ぐっとこらえた。

「五月二十一日、わたしは部下の木戸和彦巡査部長を拳銃自殺で失いました。それはご存じですよね？」

「ニュースで知ってますが」石岡は緊張した様子で答えた。

「まだ、これからという男だったのに、本当に惜しいことをしてしまった。つくづく、残念でならない」

「…………」

「彼は重度の鬱病《うつびょう》にかかっていて、それはつらそうでした。わたしは彼に救いの手を差しのべたかったが、彼はなかなか心を開いてくれませんでした。そして、とうとう、あの日を迎えてしまった。なんといって詫《わ》びていいのか、言葉もありません。しかし、生前、木戸はわたしに一度だけ、悩みを打ち明けたことがあります。彼の心の病は、ある手紙が発端でした。その中には一枚の写真が入っていた。何だと思われますか？」

石岡は防波堤を作るように、首をあらぬほうにむけていた。「さあ……何のことなのか」

「その写真は、彼がとある女性と不倫関係にあったことを証明するものでした。女性の名前は岩本利恵さんといいます。彼女は北区で連続発生した強盗傷害事件の被害者です。唯一《ゆいいつ》、重傷を負った女性といったほうがわかりやすいでしょう。もっとも、彼女がそのような災難に巻きこまれる前に、未然に防げた可能性があった。その頃、王子署に立った捜査本部では、犯人の目星がついていた。飯塚保夫という二十八歳の男です。こいつはシャブ中で、売人から覚醒剤《かくせいざい》を買ったのを捜査員が目撃しています。

捜査本部では、一刻も早くシャブ中でガラをとり、ひっぱたいて、一連の事件の自供までもっていこうとする派と、それだけでは公判が維持できないし、万が一、否認されたらどうする気だという派に分かれていたそうですね。結局、そうこうしているうちに最後の犯行に及んで岩本利恵さんは重傷を負い、飯塚は埼京線に飛びこんで自殺した。踏んだり蹴《け》ったりとはこのことだ」

「ほう……」小さい声が石岡の口から洩《も》れた。

「こんな場合、ガラをとって、叩けばいいと主張するのは、往々にして捜査経験のない指揮官です。この帳場にも、捜査一課から係長になりたてほやほやの警部が一班を引きつれて、乗りこんでいた。その警部が強硬にそう主張した。しかし、所轄《しょかつ》の刑事でひとり、それに反発したのがいる。一課の刑事もふくめて、おおかたの刑事は、そっちの味方だったらしいが、警部はしゃにむにガラをとるの一点張りだ。その混乱に乗じて、あっさりと飯塚は最後の凶行に及んだ。その警部は事件のあと、責任をとらされて、所轄の交通課課長代理に落とされた。それが石岡さん、あなただ」

「……何の話なんだ」

困惑げにつぶやくのを聞いて、柴崎は心の中で手を打った。

「先日、当時の捜査本部にいた捜査員と会って、一部始終を聞きました。毎日、捜査そっちのけで、内輪もめ……いや、喧嘩《けんか》ばかりだったそうじゃないですか。石岡さん、あなたは岩本さんが刺された晩、敵対する捜査員のひとりにこう言ったそうですね。『てめえの息子、警官だったな、つぶすぞ』と。相手とはつかみ合いの大喧嘩になった。その相手とは木戸誠司……自殺した木戸和彦の父親ですよ。わたしは、とても信じられなかった。あなたもふくめて、刑事というのは、そんな下らない争いごとばかりしている人種なのかとね」

「ちっ」石岡は舌打ちした。

「誠司さんは息子の自殺に打ちのめされていました。そんなところにもってきて、あなたは葬式に現れた。いったい、どういう神経の持ち主なのか、わたしにはさっぱり理解できません。誠司さんは亡《な》くなった息子には、一介の刑事で終わってほしくはなかった。管理部門で出世コースを歩んで、ゆくゆくは署長クラスまで登りつめてほしかったというのが本音だったろうと思います。そのための助力なら、喜んでした。亡くなった和彦君は企画課で犯罪被害者支援の担当でした。去年の夏、彼は、犯罪被害者の人を集めて座談会をやることになったが、肝心の被害者が集まらないで困っていると父親に相談した時、父親は息子かわいさに、自分が担当した事件の女性を紹介した。それが岩本利恵さんだった。そこまでなら許される。しかし、どうしたことか、彼は一線を越えて、岩本さんとあってはならない関係になってしまった。和彦君はひどく悩んだはずです。発覚すれば、自分だけでなく父親まで処分を受けてしまうと。石岡さん、あなたはそのことを知った。仕返ししたいという執念のなせる業だ。こっそり、隠し撮りした写真を送りつけた。唾棄《だき》すべき行為だと思いませんか？　まったく卑劣だ。いくら、誠司さんに恨みがあったとしても、そこまで陰湿な行為をするでしょうか？」

ひと息にまくしたてると、石岡は赤い目を柴崎にむけた。

「……何もわかっちゃいないくせに、あんた」

「どういう意味ですか」

「俺は捜査のことなんて、これっぽっちもわからずに警務から捜査一課の係長に横すべりさせられた。そんな俺が一課長から、がんがん発破かけられるわ、部下からは突き上げられるわで、もう限界だった。それだけのことだ」

「それはいいわけにすぎないでしょうが。木戸が自殺した日、あなたが交通部の会議で本庁にいたことは調べがついている」柴崎は声高に言った。「あんたは、人ひとりを自殺に追いやった。これが証拠だ」

柴崎はバッグからポリ袋をとりだし、中に入っている一通の封筒を石岡の顔面にかざした。

木戸圭子から借りてきた封筒だ。

「これに見覚えがないとは言わせません。中を見ますか?」

柴崎はビニール手袋をつけ、注意深くポリ袋から封筒をとりだして、中に入っている写真を見せつけた。

息をとめ見守る石岡の額に、うっすらと汗がにじんでいた。

「あんたは、うちの中田課長とは、世田谷《せたがや》署時代、同じ警務課にいた。旧知の間柄だ。しゃべり方もよく知っている。電話をかけてきたのは、石岡さん、あんただったんだな」

石岡はばつが悪そうに目を伏せた。

「あんたの指紋とDNAはもう採取している。出るところに出れば、あんたは殺人犯だ」嘘《うそ》をついたことに、後ろめたさはなかった。問題はこれからだ。「昨日、わたしは七月一日付けで、綾瀬署の警務課へ異動を命じられた。あんたと同じ課長代理だ。なのに、課長と管理官は今のままでいる。あんただって同じ目にあったから、わかるな、今の俺の気持ちは」

石岡は疑心に満ちた顔を柴崎にむけた。「……あんた、何が望みなんだ?」

「中田だ」

石岡の目が点のように小さくなった。

柴崎はうなずくと静かに切りだした。「あんたの個人的な恨みはこの際、どうでもいい。殺人犯がひとり増えたところで、わたしにとっては何の利益もない。あんたにとっても、わたしに協力して、退職まで平穏無事に過ごすのが賢い選択だと思うが、どうだ」

石岡はようやく理解したらしく、「中田を……やれというのか？」と小声でつぶやいた。

「三年もいっしょにいた間柄だろ」柴崎は吐き捨てるように言った。「女、袖《そで》の下《した》、口利《くちき》き、どんな些細《ささい》なことでもいい。中田について何か思い出したら、知らせてくれ」

柴崎は石岡に携帯電話の番号を書いたメモを渡して、ゆっくりと立ち上がった。自分をはめようとした人間がいる、などと勝手な思い込みをした自分が情けなかった。この自分は赤の他人の身勝手な報復を仲介したにすぎなかった。石岡にとって、柴崎などはなから眼中になかったのだ。それを拡大解釈して、小心翼々と空回りした自分が愚かしかった。

そんな虚《うつ》ろな思いが湧《わ》いてくる一方で、部下である柴崎のことをかばい立てせず、あろうことか責任をおしつけて地位を守った中田という人間に対して、臓腑《ぞうふ》が煮え返るような怒りがこみ上げてもくる。

断じて許さない。

部下を自殺におとしいれた人間を憎むよりも、自分ひとりが組織の生《い》け贄《にえ》になったことを恨むとは、警察官として、いや、人間として最低かもしれない。だが柴崎は、自分だけが無様な姿をさらし続けることが我慢ならなかった。何か行動せずにはいられなかった。

俺はいったん、落ちるところまで落ちる。しかし、やられたことはやり返す。そこから、ふたたび這《は》い上がる。それを肝に銘じておけ。心の中でそう吐き捨てると、石岡に背をむけて足早に歩きだした。

孤独の帯

1

〈……警視庁から綾瀬〉

〈綾瀬です、どうぞ〉

〈女性の変死体を発見、ジコウシの模様。現場は六木《むつぎ》四丁目三十の五、桜コーポ203号室、ホリウチという男性からの通報です。整理番号2315番、担当ナカハラです、どうぞ〉

〈綾瀬了解、担当ヒラノ〉

〈警視庁了解。よろしくお願いします。以上警視庁〉

柴崎はキーを打つ手をとめ、無線のスピーカーをにらみつけた。空き巣、不審車、交通事故。ひっきりなしに交信がつづき、ようやくそれがおさまったと思えば、今度は死体発見。それにしても、ジコウシ？　事故死の言い間違いではないか。

午後五時十分、綾瀬署一階フロアに人気《ひとけ》はない。入り口に近い地域課にも、ふたりの署員がいるだけだ。柴崎が籍をおく警務課の職員たちの中には、帰り支度を始めた者もいる。

柴崎は気をとりなおし、パソコンの画面に戻った。〝警察職員の名札の着用〟とファイル名を入力して、データを保存する。

七月一日に綾瀬署に着任してから、二週間あまりがすぎた。

綾瀬署のある足立区は第六方面本部の指揮下にある。基幹系無線は二十四時間、つけっぱなしだ。

交信音が神経にさわる。おまえは現場にいるのだと、言い聞かされているようだ。

ふっと、机の袖《そで》に男の腕がかかった。細身の制服姿が立っていた。短く刈り上げたハリネズミの頭。切りつけてくるような視線。左胸には警視を示す階級章、そして、右胸には銀バッジが光っている。副署長の助川《すけがわ》だ。

「おい、出かけるぞ」

「どちらへ?」

「ヤマミだ。ほとけが出た」

それだけ言うと、助川は通用口に向かっていった。

柴崎はあわててパソコンの電源を切った。立ちあがりざま、警察手帳を胸ポケットにおさめ、白手袋をポケットにねじこむ。しかし、ヤマミ……？

「早くしろ」

慌《あわ》てて助川のあとを追う途中、柴崎はそれが「実況見分」を意味する言葉であることに思い至った。

ぬめりとした暑さが体にまとわりつく。五時をすぎても、日は十分に高い。渡されたキーの番号を確認して、白のマークXの運転席に乗りこむ。

後部座席におさまった助川をふりかえり、訊《き》いた。

「どちらへ？」

「六木四丁目、おい、無線だ、無線」

「はい」

コンソールにある無線機の電源を入れる。

いきなりガッガと放電音が響いた。基幹系の交信があふれ出す。

「早く出せよ」

事件現場に臨場する気らしい。五時十五分をすぎれば当直態勢に入る。警務課長代理の柴崎が臨場するのは、当直責任者である場合に限られる。しかし、今日は当直に当たってはいない。柴崎は腑《ふ》に落ちないまま、アクセルを踏んだ。

「さっき無線に出たほとけだ。浅井《あさい》から泣きが入った」

ここひと月、管内では週末になると車上荒らしが頻発していた。決まって夕方の今頃発生しており、金曜日の今日は、刑事課員が総出で管内に散らばり、警戒に当たっている。課員が出払ったところに、変死体が出たということらしい。変死体のほとんどが独居老人だ。そのたび、刑事課の係員が駆けつけて、とりあえずの検視をする。十中八九、事件性はないのが実情だ。

検視は、刑事課で人手が足りなければ、生活安全課に頼むのが筋だ。なのに、どうして自分が。抗議の言葉は百も思いついたが、相手は上司だけに口にはできない。

——あのときも、結局、言い返すことはできなかった。


助川とはじめて顔を合わせたのは六年前、柴崎が三十歳で警部補に昇任したときのことだった。階級社会の警察では、警部補昇任は幹部候補になることを意味している。競争率もそれなりに高い。はれて昇任した暁には、警察学校で、泊まりこみの警部補任用教養が待ち受けている。その科目のひとつ、〃刑事警察〃の教場《きようじよう》に登壇したのが助川だった。

授業の冒頭で生徒ひとりひとりの名前を読みあげたのち、助川はおもむろに、

『現行犯逮捕したことのない者、手をあげろ』

と言い放った。

柴崎の場合、初任時の交番勤務をのぞいて所轄署《しょかつしょ》も短かった。そのあと、すぐ本庁の管理部門に異動した。現行犯逮捕の機会は訪れなかったが、恥ずべきこととも思われなかった。最前列にいた柴崎は、まっすぐ腕を上げた。何気なくうしろをうかがうと、自分もふくめて手をあげたのは三人だった。

助川の目が冷たく光った。

『手をあげた者、立て』

結局、一時間の授業は、ずっと立ちっぱなしだった。

あのときの、顔から火の出るような屈辱は今でもはっきりと覚えている。

それが今度の異動で、よりによって、自分の直属の上司になった。綾瀬署は中規模署で、副署長が警務課長を兼務しているのだ。

——捜査経験のない自分を引っ張り出して、あのときのように嫌がらせをする腹か。

六木の都営住宅を過ぎ、運河にかかる橋を渡る。

刷毛《はけ》で伸ばしたような住宅地が広がっている。綾瀬署のある足立区は東京の北の端に位置している。都心からは隅田川を渡り、荒川も越えなくてはいけない。署から北へ二キロいけば埼玉の八潮《やしお》市だ。管内を南北に流れる綾瀬川は天井川として知られている。一昔前までは、大雨のたびに出水して、多くの家が浸水にあっていた土地柄だ。公園脇《わき》に、若い巡査が立っているモルタル造りのアパートがあった。桜コーポというかすれた文字が壁に見える。野次馬はいない。

降りたった助川の顔を見て驚いた巡査が、しゃちほこばった敬礼をする。

「で、どこ」

助川が言うと、巡査は建物をまわりこみ、アパートの裏手に案内した。三人で階段を昇る。乾いた鉄板がぎしぎしと音をたてて、アパート全体が揺れた。見た目以上に、年季が入っている。

「ほとけの名は？」

先頭を行く助川が訊く。

「石津《いしづ》米子《よねこ》、七十二歳。ひとり住まいです」

「通報者は？」

「石津さんが勤めているスーパーの店長です」

「ぶら下がりか？」

「いえ……横になってます」

「ふーん」

廊下の奥に、年配の女と作業着姿の男が立っていた。女は桜コーポ大家の野村秀子《のむらひでこ》、男は石津米子が長期でアルバイト勤務している「スーパーつぼい」の店長で堀内と名乗った。今週の月曜日以降、石津が出勤してこないので不審に思い部屋を訪ねた。鍵《かぎ》がかかっていたので大家を呼び、合い鍵を使って中に入ると石津が死んでいるのを見つけたという。

堀内と野村は、鼻のあたりに手をあてている。腐ったような、なんともいえない異臭が立ちこめているためだ。見ると助川の鼻がひくひくと動いている。

ドアは開いていて、「石津」と書かれた表札がある。

助川は三人に外で待つように言いおいた。白手袋をはめると、ドアから中に入った。柴崎も手袋をはめてそれに続いた。

ぶつかってくるような激しい腐臭に足がすくんだ。鼻で息を吸うのをやめた。

助川はさっさと靴をぬぎ、畳の間に上がっている。

どんより、にごった空気。カーテンの引かれた室内はうす暗い。板敷きの狭い台所のむこうに日本間がある。そこにふとんがしかれ、窓側に頭をむけて人が横たわっている。

助川が蛍光灯のヒモを引っぱると、明かりがともった。浴衣《ゆかた》を着た人間が生白い光を浴びて浮かび上がった。仰向《あおむ》けだ。進もうにも、からだが固まって動かない。

女の足元には、薄いタオルケットが丸まっている。ほかには何もない。あたりを一瞥《いちべつ》してから、助川は窓際《まどぎわ》に寄った。カーテンを荒々しく引き、窓の錠を外して窓を開け放った。

なま暖かい風がさっと吹きこんでくる。

「こいよ」

助川に言われて、柴崎は靴をぬいだ。

煮染《にし》めたような板の間に足をかける。

ハンカチをきつく鼻にあて、畳部屋に入った。

これが人かと柴崎は息をのんだ。女と聞いていたが、そこにあるのはどす黒い肉のかたまりだった。腐敗してぱんぱんにふくれあがった顔から、舌が飛びだしている。浴衣からはみ出ている手も足も、丸太のように腫《は》れあがっている。

腐臭の元はここに間違いなかった。目は閉じているが、何かを訴えるような苦悶《くもん》の表情としか映らない。昆布のように長く伸びた髪だけが女の名残りだ。からだは棒のようにつま先までまっすぐに伸びて、浴衣は乱れていない。

異様なのは、首にぴったり食いこんだ帯だった。何周か水平に巻かれて、結び目が首の正面、真ん中にきている。

「やってくれたなぁ」

助川はため息まじりに言った。

柴崎は言葉もなかった。

平然としている助川が、自分と同じ人間であるとは信じられない。

「一週間……ってとこか」

助川は畳に目を落とし、舐《な》めるように見ていく。

せわしなく動く助川の視線を追いかける。

畳には綿ぼこりひとつ、落ちていない。すっかり片づいている。そこまでが限界だった。異臭はますます耐えがたい。

「浅井の携帯に連絡を入れろ」

「はっ、はい」

台所まで後退する。靴に足を入れて背をむける。

「それで、刑事課長には何と……」

流しでからだを支えながら、何とか口にした。

「見たとおりのことを言え。あとは奴《やつ》にまかせろ」

「了解」

柴崎は転がるように部屋から飛びでた。

外にいた三人の間をすり抜け、一階まで駆け下りた。

腰から携帯を抜き取り、浅井の電話番号を探した。手が震えて、うまくボタンを押せない。ようやく、見つけて通話ボタンを押すと、浅井はすぐ出た。

とりあえず、見たままのことを伝えた。

「六木のジコウシだな」

言われて、警察学校で習った法医学の教科書の一ページが脳裏に浮かんだ。窒息の項目だ。縊死《いし》の次に絞死《こうし》がきていた。絞死の中にたしか、その言葉があったはずだ。

自絞死。

みずから、首を絞めて自殺を遂げる。

そう説明がされていた。たった今、見たものは、それだったのか。

ため息をつき、ふと顔を上げると、ドアを細く開けて顔を覗《のぞ》かせている四十前後の女性と目が合った。

「米子さんですか？」

不安げに尋ねてきた。

「そのようです。自分で首を絞めて……」

目にした光景を思い出し、柴崎は顔をしかめた。

2

午後六時半。綾瀬署の鑑識員たちが手際よく現場写真を撮影する中、本庁から後藤という鑑識課所属の検視官が到着した。

死体の観察に着手した後藤の動きを見守った。ただでさえ狭い部屋の中は、蒸風呂《むしぶろ》に近い。そこに助川、浅井、柴崎、そして三人の鑑識員が息をとめるようにまわりを囲んでいる。部屋は荒らされていない。エアコンはついてはいるが、稼働《かどう》させることはできない。

後藤はほとけの首に巻かれた帯に手をふれ、縛りかげんを見ている。帯は伊達締《だてじ》めと呼ばれるもので、女性の着物の着付けに使う帯らしい。首は腐敗ガスで膨張しているため、三重に巻かれた小豆色の帯はその内側に食いこんでいる。ほとけの両腕は鋭角に曲がり、胸の前、帯の結び目の延長線上で、きつく拳《こぶし》を握りしめている。

三人がかりで、ほとけのからだを横向きにする。死体から洩《も》れだした腐敗汁がふとんに、茶色い人形《ひとがた》のしみを作っている。柴崎は苦い胃液がこみあげてくるのをこらえた。

後藤は丹念に首のうしろ側を見てから、浴衣を脱がすように指示した。

浴衣は恥じらうように、足首の上のところまで、ぴったりと合わさっている。

浅井が腰ひもをほどいた。ブラジャーとズロースを脱がせて、全裸にさせる。

頭部から調べ始めた後藤の様子を見ながら、柴崎は口で浅く息をする。首の帯はそのままだ。

強い臭《にお》いに脳天をつかれる。

ほとけの石津米子は、今週の月曜日から無断欠勤していた。腐敗の状況から見て、亡《な》くなったのは、その日か日曜だろうと後藤は言った。

「ばあさん、自分で首絞めたかな」

助川がつぶやくと、後藤がゆっくりとうなずいた。

「その線でしょうね」

柴崎はおそるおそる自らの疑問を口にした。

「あの……自分で自分の首を絞めて、そうあっさり、いくものでしょうか」

「いくな。あっという間にあの世へ行けるぞ。苦しくもなく。自殺としちゃあ、上々、理想だ」

小声で助川は言う。

「よく……あるんですか？　こんなのは」

「谷中《やなか》で一度、当たったことがある。ドラムのスティックをはさんで、ぐいぐいねじって絞めてあった。ベッドの木枠にヒモの片方を結びつけて、足で引っぱるっていうのも聞いたことがある。死にたいって思う連中は必死だ」

「他殺……の線はありますか？」

「この帯のように幅のあるもので絞めると、自殺か他殺かわからないケースも多い。可能性としてはどちらもある」

「最初に強く絞めすぎると、それだけで意識がなくなってしまうのではないかと」

「いっぺんに意識は失わない。じわじわくる場合もある。あとになればなるほど、強く絞めることもあるしな」

柴崎はあらためて、首に巻かれた帯を見やった。

遺体の検視と並行して、部屋の捜索がはじまった。

狭い部屋で、調べるものは多くない。六重の桐箪笥《きりだんす》と鏡台と電話。折りたたみ式の簡易テーブル。洋服箪笥に仏壇。台にのせられた骨董《こっとう》もののテレビ。押し入れには、ビニール袋に入った冬用のふとんがあり、反対側にプラスチック製の衣装ケースが三つ、おさまっている。冷蔵庫の中もきれいに片づいていた。

遺体同様、室内に荒らされた様子はみじんもない。

手際よく写真を撮りながら、ひとつずつ品物を確認してゆく捜査員たちを見守る。

箪笥の天板におかれた封筒が目にとまった。〝順子へ〟とペンで宛名《あてな》書きされている。そっととりあげてみる。ほとけ名義の預金通帳とキャッシュカード、そして使い古しの印鑑が出てきた。手紙のようなものはない。通帳の残高は六十五万二千三百円。最近、引き出された形跡はない。

小物入れをあけると、偽物《にせもの》とも本物ともつかない宝石のついた指輪やブローチが出てきた。財布には現金で四千五百二十一円。カード類はない。紙の小箱には手紙類が少しばかりと生命保険加入の告知書がおさまっていた。

「何だ、それ？」

助川は柴崎が手にしていた生命保険の告知書を見て言った。

「あの物入れの中にありました。保険に入っていたようですね」

あらためて、柴崎は告知書を見た。加入したのは去年の六月一日。一年前だ。受取人はだれだろうか。

東大医学部で午後八時からはじまった解剖はえんえん、五時間つづいた。死体解剖に立ち会うなど、柴崎には、はじめての経験だった。ゆきがかり上、見届けなくてはならないのが癪《しゃく》だった。

首に巻かれた帯は、結び目を解かないまま、運びこまれた。

巻かれた状態で写真を撮ってから、死体を横向きにさせた。長い髪を丁寧にどかし、首の横を丹念に調べ、いちばん緩そうなところに二カ所、ビニールテープを巻きつけた。その間をはさみで切りとった。あとで復元できるための措置だという。

遺体には外傷もなく、内臓や脳にも病気をふくめた致命傷になるような所見は発見されなかった。担当医の下した判断は、〝絞死〟。自絞死でも、絞殺でもない。死亡推定日は七月十三日日曜日。この暑さの中だから、二十四時間前後のぶれはあると担当医は話していた。

深夜、遺体を引き取りに土浦から遺族がやってきた。娘の成沢順子《なりさわじゅんこ》は四十一歳。封筒の表書きにあった人物だ。夫の辰男《たつお》につきそわれたその姿に悲愴感《ひそうかん》はなかった。フリルのついたピンクのスカート、前髪にはオレンジのメッシュ。老衰で急逝《きゅうせい》した親元へ、とりあえず駆けつけたといった案配だった。順子によると、最後に母親と会ったのは半年以上前のことらしい。

「おまえはどう思う？」助川に訊《き》かれた。

「……自殺、でしょうか」

「どうして？」

「あの通帳の入っていた封筒です。まるで遺書のような気がしますが」

「それはもっともだな」

娘にわずかな金を残して、みずから死を選んだ。それとも、何か特別な理由があって殺されたのか。

どちらでもいいと柴崎は思った。

自殺にせよ他殺にせよ、これから先、警務課長代理の自分に出番はない。

柴崎は助川の横顔をちらりと見た。今年四十九歳になったばかり。刑事出身で副署長に昇任したことからすれば、まだ、一段も二段も上を狙《ねら》える位置にある。来年あたり、本庁組織犯罪対策第四課の理事官として栄転するというのが大方の見方だ。ゆくゆくは警視正、課長職、あわよくば上の参事官までと本人は思っているにちがいない。教場で赤っ恥をかかされた日のことが頭をもたげてきた。次の授業も何かあるのではと身がまえて臨んだが、二度はなかった。〝刑事警察〟の授業は二カ月つづいた。助川は教科書に指定された本を開くことはめったになかった。代わりに、みずからの体験談を話すことが多かった。授業の最終日、助川は、

「警官の職務は何か？」

と全員に問いかけた。

「市民の安全と治安を守ることです」

聴講生の一人が名指しされて、答えた。

助川は苦笑いを浮かべて、すわれと命じた。

「ここにいる連中は、みな、自分のことをエリートだと思っている。でも、一般から見ればどうか。警官の服を身につけている者はみな、警官だと思う。刑事とか管理部門といった区別は意味がない。警官に期待するのはたったひとつ。犯人を挙げる。それしかねえだろ」

教場はしーんと静まりかえった。

「今日から人間をやめて、警官になれ」

それが助川の教場での最後の言葉だった。

3

休み明けの月曜日。署長室から、宿直報告を済ませた地域課長が出てきた。署長室の入り口左手に柴崎の席があり、右手には副署長の助川の席がある。署長室に入るときは、自然とふたりの前を通ることになる。

入れ替わりに、柴崎は署長室に入った。

手帳を片手に、今日の予定の説明を始めたところに、助川が刑事課長の浅井をともなって入ってきた。

応接セットにすわると、柴崎も同席するよう目で合図された。

浅井の横につく。捜査メモのコピーがさっと回ってくる。石津米子の件だ。犯罪に無縁な死体は甲号死体、つまり非犯罪死体となるが、犯罪の疑念があれば乙号死体……いわゆる変死体扱いとなる。米子は乙号死体となっている。しかし他殺と断定するには至っておらず、まだ捜査本部は立っていない。

低い声で説明を始めた浅井をうかがう。

髪は長くもなく短くもなく、どことなく、くずれた感じがある。それが浅井の第一印象だったが、今でもそれは変わっていない。四十五歳で所轄《しょかつ》の刑事課長なら、まずまずの位置だ。

捜査メモに目を落とす。

石津米子が「スーパーつぼい」の従業員になったのは、平成十三年五月。桜コーポへの入居も同じ年、以来、足かけ八年、ひとり暮らし。スーパーの店長や大家の話によると、ふだんから人づきあいはなく、孤独な生活を送っていたとある。携帯電話は持っていない。

アパートの部屋数は六戸。夫婦のふたり所帯が一戸。ほかは単身の男所帯だ。男子学生、トラック運転手、中国人。一戸は空き。

米子の勤務先やアパートの住人への聞きこみの結果、石津米子とつきあいのある者は皆無。アパート周辺まで広げて、聞きこみをかけたものの、石津米子のことはたまに見かける人という程度で、名前も知らないとある。

気になるのは、米子の一人娘、成沢順子から事情聴取した中身だった。石津米子に二千万円の生命保険をかけたことを認めている。

順子は弁当屋のパート。夫の辰男は自動車部品工場の工員。長男は来年、大学受験。

次男坊は高校二年、末娘は小学校四年生。

かなり、生活は苦しいはずだ。

保険金めあてで実の母親を手にかける……。ありえない話ではない。

説明の途中で、署長の小笠原《おがさわら》が割って入った。

「中国人というのは？」

小笠原は交通部出身で小じっかりと出世街道を歩んできた。上司の受けがよかったのは、本人が意固地なほどの慎重居士《こじ》だったからにほかならない。刑事事件こそ助川にまかせているが、猜疑心《さいぎしん》では助川を上まわる。

「李《り》という三十になる男で、二階に住んでます。広東《カントン》省出身で、朝六時から夜の十一時まで、職場をふたつ掛け持ちで働きづめです」

「アリバイはどうだ？」

「今日の朝、ようやく会えました。ほとけの死亡推定日にあたる先週の日曜は、中国人の友人が住んでいる巣鴨《すがも》のアパートに泊まり。月曜はそのまま勤め先に出て、帰宅は夜の十二時。どちらも、確認とりました。それから学生のほうですが、先週の日曜日、岩手の実家へ帰省して、今週の水曜日に戻ってきました。トラック運転手は四日がかりの九州往復を終えて、月曜日の昼すぎ帰宅してます。こっちはそのまま寝たと言ってますけど」

「夫婦者は？」

「えっと、栗田《くりた》広志《ひろし》と明美《あけみ》。ふたりで看板製作の店をやってますが、広志は肝硬変でふた月前から入院中です。明美は日曜と月曜はずっと病院にいて、九時すぎに帰宅したと言ってます。いずれにしろ、アパートに住む全員、ほとけとは顔を知っている程度で、話もしたことがなかったと口をそろえています」

同じアパートに住んでいてもそんなものか。柴崎は胸の中でひとり呟《つぶや》いた。

「で、スーパーの感触はどうだ？　おおぜいいるんだろ？」

「ええ、小さいですが十二名ほど。ほとんどパートです。土日と二日かけて全員に当たりましたが、ほとけと親しかった人間はいません」

「そうか……土浦はどうだ？　葬式、終わったんだろ。捜査員、何人、送りこんでる？」

「念を入れて六人ほど。葬式に集まったのは親戚《しんせき》関係が十数人だけだったそうで。ほとけの友人はひとりも来ませんでした」

「米子の生命保険はどうだ？　会社に当たったか？」

「むろんです。土浦にある支社の外交員に、去年の六月、娘の順子から申し出があって、母親を加入させたということです。保険料は順子の支払いです。自殺でも、加入して一年以上経《た》っていれば保険金が支払われるタイプだそうです」

「ほう、ますます怪しいな」

「土浦の成沢宅近所の聞きこみでも、気になることが出ましてね。娘の順子が結婚してしばらく、米子は同居していたらしいんですが、この順子との関係が、昔から冷え切っていたみたいで。しょっちゅう言い争っていて、『ばばあ、死ね』と怒鳴る声を聞いたという人もいました。そんな娘が入らせた生命保険でしょ。どうかなと思って」

「臭《にお》うな。順子本人に、それをぶつけたのか？」

「いや、まだ。判断待ちです」

助川があいだに入った。「署長、ここは一気に攻めてもいいかと思います」

「そうだな。浅井、土浦にいる連中にその旨《むね》伝えろ。聞きこみも続行だ。桜コーポの周辺とスーパーも同じく。それと事件当日の成沢夫婦、特に順子の足どりを洗わんといかんぞ。それから、万一、自殺で決着した場合に備えて、とりあえず調書は巻いておけ。自殺がらみでも泊断はするな」

午前中、柴崎は決裁文書の処理に追われた。午後いちばんで留置場の巡視を済ませて警務課に戻った。助川は相変わらず刑事課につめていて不在だった。

助川の席の未決箱に調書らしいものが入っていたのでとりあげてみた。

開けてみると、やはり石津米子変死事件の実況見分調書だった。最後の死体検案書を見た。直接死因の欄には、頸部《けいぶ》圧迫による窒息死とある。外部所見には、頸部に細帯による索痕《さくこん》、顔面にうっ血、溢血点《いっけつてん》は、眼球に少数、口腔《こうくう》、咽頭《いんとう》それぞれに多数と書かれてある。内部所見として、浅頸筋《せんけいきん》、舌筋《ぜっきん》内に出血なし、舌骨《ぜっこつ》、喉頭軟骨骨折《こうとうなんこつ》なし、などとふだん目にすることもない漢字の羅列がなされている。喉頭軟骨とは喉《のど》仏《ほとけ》の一部らしい。

押収品目録《おうしゅうひん》には、米子の部屋から持ち帰ったものの詳細がずらりと並んでいる。靴、指輪、ブローチ、印鑑、預金通帳、保険告知書……。

読みながら、ふと、気になることがあった。


三時すぎ、体が空いて二階の刑事課に上がった。

縦長の大部屋はがらんとしていた。中央の椅子《いす》に浅井が構えているだけで、強行犯係は全員外へ出払って一人もいない。

「珍しいな」

浅井の声が響く。

「土浦はどうですか？」

「なかなかいい線、いってるぞ。生命保険からその他もろもろだ。副署長から聞いてないか？」

「いえ、まだ」

「そうか、署長に報告中だな。帰ったら聞け。で、何か用か？」

柴崎は米子のアパートから持ち帰った押収品を見せてくれと頼んだ。

浅井は怪訝《けげん》そうな顔で何かつぶやきながら、強行犯係のシマにある段ボール箱を指さした。

柴崎は中を調べた。目当ての品はすぐ見つかった。

浅井に断って持ち出し、警務課に戻る。

助川が席についていた。

柴崎は手にしたものを見せた。

〝順子へ〟の宛名《あてな》書き。石津米子の通帳が入っている封筒だ。

「それか。米子の筆跡に間違いないぞ。まさか、疑ってるのか？　鑑識の連中にどやされるぞ」

「いえ、そうではなくて」

通帳をとりだして、取引の最後の頁《ページ》を見せた。六月十日にガス代が引き落としになっていて、それから先は空欄になっている。

「何かあるのか？」

「六月十日にガス代が落ちてたあとは、記帳がないものですから」柴崎はほかの頁も見せた。「ご覧のように、毎月、十五日、休日にあたる場合は直前の銀行営業日に勤務先のスーパーから給料が振り込まれていて、きまって十五日か十六日に十万円を下ろしています。ですが、六月にはその記録がないんです」

「六月はキャッシュカードで金を下ろして、通帳は持っていかなかったんだろ」

「たしかに、そうは思いますが、六月以前は毎月、判で押したように十五、六日に下ろしているのでなんだか気になって……」

助川はぴんとこない様子だった。「調べてどうする？　もう、土浦は落ちるぞ。だめでも、明日あたり、任意で引っ張る算段をつけてるところだ……」しばらく助川は通帳とにらめっこしたのち、口を開いた。「わかった。聞きこみもひと息ついたところだし、浅井に調べてみるように伝える。それにしても、柴崎よ、事件のこと、気になるらしいな」

「いえ、他意はありませんので」

「順子の旦那《だんな》名義のカローラが、先週の十三日の日曜日、加平橋《かへいばし》のNに引っかかってる」

柴崎は思わず助川の顔を見つめた。綾瀬署のすぐ西に、首都高速6号線の加平インターチェンジがある。インターを出たところに自動車のナンバーを自動で読みとるNシステムが設置されている。

首都高速6号線は三郷《みさと》で常磐《じようばん》自動車道とつながっている。土浦まで四十分だ。

「何時に？」

「十三日の午後六時半」

「十三日……死亡推定日じゃないですか」

なぜ、半年以上会っていないなどと、嘘《うそ》をついたのか。

助川は一枚の写真をよこした。

喪服を着た茶髪の女。成沢順子だ。土浦で隠し撮りしてきたものらしい。

「その日、来たのはこいつだ。旦那じゃない。十三日の午後七時、桜コーポと目と鼻の先にあるファミレスの駐車場で、客がカローラから降りてきた順子を見ている。ド派手な恰好《かつこう》の女だからな」

「順子には当てたんですか？」

助川は厳しい顔つきになった。

「むろんだ。Nのことも含め一切合切ぶつけた。どうして嘘ついてるのかと突っこませた。さんざっぱら粘った末に、やっこさん、ようやく認めた。単身、旦那の車で来たとな。前の週、母親に電話をしたら、体の具合がよくないと言われて、心配になって訪ねたとか何とか抜かしてやがる。往生際《おうじょうぎわ》が悪いというか……まあ、落ちるのも時間の問題だと思うがな」

「……なるほど」

「どうして、そんな見えすいた嘘、つくのか気がしれんよ。どっちにしても、明日あたり、生命保険とセットで一気に落とす」

柴崎は割り切れない感がぬぐえなかった。例の封筒にあった〝順子へ〟だ。かりに成沢順子が米子を自殺に見せかけて殺したとする。それはいいが、殺される間際に、米子が〝順子へ〟などとしたためるはずがない。あるいは、百歩譲って手をかける前に、うまいことを言い、だましだまし書かせたのか。その光景を頭に描いてみたが、無理があるように思えてならない。

その晩帰宅して、雪乃に事件のことを話すと、

「まだ、その件に関わっているの？」

と言われた。

「孤独死に決まってるじゃない。刑事でもないのに、どうして、そんな仕事を手伝わされるの？」

「本庁じゃないんだ。所轄だぞ。いろいろあるんだ」

弁解じみた口調になってしまい、柴崎は話を持ち出したことを後悔した。

4

翌日は朝から、書類仕事に追われた。前夜、外勤中の巡査が自転車で交通事故にあい、右足を骨折して全治一カ月の怪我《けが》を負った。その公務災害の申請書やら、休業補償やらの書類づくりで忙殺された。昼すぎ体が空くと、署長室に呼ばれた。すでに助川と浅井がソファーに陣どっていた。

「落ちるぞ」

助川は小声で言った。

「目新しい材料でもあったんですか？」

助川は口をへの字にまげてうなずいた。「銀行に行ってる課員から連絡が入った。おまえの言っていた例の口座だ。公共料金の引き落としは別にして、六月十日以降、三回、ＡＴＭで金が引き出されてる。六月十五日は二十万。その二日後の六月十七日に十万。それから、七月十三日には三十万だ」

「七月十三日？　殺害当日かもしれない日に？」

「そうだ。土浦にいる順子にぶつけた」

署長の小笠原が口をはさんだ。

「六月十五日、順子は米子を訪ねて、金を無心したと言ってる」

浅井の言葉に柴崎は耳を疑った。

「金は受けとったんですか？」

「十万もらったらしい。生活が苦しくて泣きついたというようなことを言ってる」

「もしかすると、七月十三日も？」

「ああ、この日も、訪ねて金を無心したのを認めた」助川がひきとった。「ここからが問題だ。二度目だ。米子もそう、あっさりと金などやるわけがない。それで口論になったそうだ。本当にそれだけかとしつこく問い詰めたら、かっとなって思わず突き飛ばしたとさ。暴力をふるったのが後ろめたくて、嘘をついていたんだと言ってる」

「本当でしょうか？」

助川は柴崎をにらみつけた。

「本当なわけないだろ。突き飛ばしたんじゃなくて首を絞めたんだろ、と怒鳴ってやったよ。絶対に殺してない、と言い張ってるがな」

浅井がうなずきながら口を開く。

「殺《や》ったあと、ＡＴＭで順子が三十万を下ろしたと見て間違いない。今、そのときの監視カメラの映像を捜している最中だ」

「ですが、あの封筒は……？」

「自分に疑いがかけられないための偽装だろう。何か別の時に母親から受け取った封筒を利用したとかな」

柴崎は一度に肩の荷が下りたような気がした。

やはり、娘による犯行だったのか。銀行の件は、自分が言わなくても、早晩、だれかが気づいただろう。それにしても、後味が悪い。

「ただ一点、おかしなところがある」

小笠原が浅井に先をうながした。

「まんなかの六月十七日の引き出しについては、頑として認めないようでね。二度も三度も大した違いはないだろうに」

浅井が苦虫を嚙《か》みつぶしたような顔で答える。

「どうしてですか？」

「わからんね」

小笠原が言った。「とにかく、明日の朝、いちばんで呼ぶ。もう落ちたも同然だ。それより、副署長、例の件」

「はい。たった今、広聴に苦情が入ってな。まだ、おまえには知らせてなかったが」

警務課は警察に対する苦情相談の窓口になっていて、種々雑多な用件が持ちこまれる。広聴担当の坂本和子《さかもとかずこ》という相談員がそれらを受理して、署内の各部署にふり分けたり、場合によっては直接、処理にあたる。坂本は、着任したての柴崎を飛ばして副署長まで上げたのだろう。

「例のスーパーだ」

「石津米子の件ですか？」

「店長から電話があってな。刑事がしつこく聞きこみにくるので、仕事にならんとか何とか、かなりご立腹な様子だ。へそまげて、ブンヤにでもこぼされたら厄介なことになるから、おまえ、ひとっ走り行って、ちょっと様子見てきてくれんか？」

「事が事だけに、刑事課の人間はやれんのだ。どうだ、行ってくれるか？」

署長が追い打ちをかけてくる。

自分が呼ばれた理由がわかり、柴崎は幻滅した。返事の代わりに一礼し、部屋をあとにした。

さほど広くない「スーパーつぼい」の店内は、商品で埋まっていた。空調機がうなりをあげて、冷気を吹きだしている。冷えこみがきつい。七十二歳の女にとって、かなり厳しい労働環境だったろう。

従業員はみなそろって若い。狭い通路を歩いてひとまわりする。どの商品にも特売の札がついている。制服姿で歩く自分に、厳しい視線が当てられるのがわかった。

堀内は狭い通路の中ほどで、米袋の山と格闘していた。

堀内の額には、汗が浮いている。ポケットには太いマジックペンと特売札がまとまって入っていた。柴崎のことを覚えているようで、さほど不興は買っていないようにも見える。

柴崎が差しだした名刺に、堀内はさっと目を落とした。

「ああ……刑事課の方ではないんですか？」

「ええ、警務課所属です。このたびは、うちの署員がご迷惑をかけたそうで」

とりあえず、お辞儀をする。

聞きこみに来たのではないとわかると、堀内はうちとけた表情になった。

「土浦のお葬式には行かれましたか？」

「行きましたよ、長いこと働いてもらっていましたからね。行かないわけにはいかないですよ」

「それはご苦労様です。石津さん、あの中で働いてらっしゃったわけですか？」

柴崎は惣菜《そうざい》売り場の向こう側にある狭い作業場を指した。

「ええ、あそこでコロッケや天ぷらを揚げてましたけどね」

三角巾《さんかくきん》を頭につけた若い女が背をむけて、揚げ物に専念している。

柴崎は石津米子の健康状態について尋ねてみた。

「リューマチで、よく医者がよいしてましたけどね。ほかはこれといって……無断で休むことは一度もなかったし」

「社員やパートさんで、親しくされていた方もいらっしゃらなかったですか？」

堀内はちらりと横顔を見せた。また、その話かと言わんばかりに露骨な表情だ。

「何度も訊《き》かれましたけどね。石津さん、耳も遠かったし。ごらんのように、若いのばかりでしょう。昼時もロッカーでぽつんと離れて、テレビ相手に飯、つついてましたよ」

「石津さんの勤務態度はどうでしたか？」

「悪くなかったですよ。そうそう、石津さんの揚げたコロッケ。それほど、いい油使ってるわけじゃないのに、かりっとして香ばしいんですよ。そういや先月の終わり、揚げ物が余ったんで、持って帰っていいよって言ったんですがね、今日はおすそわけもらうから、いいですって帰っていったなあ」

「おすそわけをもらうような相手がいたんですか？」

「さあ、どうでしょう。ウチでは、忘年会や新年会、いくら呼んでも出てこなかったし、うるさく言うと、わずらわしいのは嫌だって、突っぱねられちゃって、人付き合いは嫌いって感じでしたけどね」

「そうですか」

ふと堀内の目が天井をむいた。「去年の暮れだったかなあ、独りで住んでいて、心細くないですかって訊いたんですよ。そしたら、石津さん、何て言ったと思います？『孤独死なんてちっとも怖くない。人間、死ぬときは死ぬし、いまさら、近所づきあいなんてしたくない』ときましたからね」

たしかに、最近ではそうした年寄りが増えているのだろう。それはこの店長の責任ではないのだが。

「あっ、でも今年のはじめだったかなあ、石津さん、お客さんと親しげに話しこんでいたことがあったなあ。あんなこと、めったになかったのにねえ」

「どんな方です？」

「うーん、女性でしたけど、顔なんかは覚えていませんねぇ。あまり、特徴のない方だったと思いますよ。さあ、こちらです」

押し戸を開けて事務所に入った堀内のあとにつづいた。


署に戻ると、それまでの空気が一変していた。席につくのを待っていたように電話が鳴り、刑事課に呼ばれた。階段を駆けあがりドアを開いた。

異様な光景だった。部屋の中央を占める強行犯係のシマに、刑事たちがざっと十人、その全員の視線が壁際《かべぎわ》にあるテレビに突き刺さっている。

輪の中心に助川がいた。空いた席にすわり、テレビを見やった。

銀行のＡＴＭの監視カメラから録《と》ったＤＶＤの映像だった。

日付は七月十三日。時刻は十九時五十五分。

「たった今、銀行から持ち帰った」

助川がつぶやいた。

画面には、若いフリーター風の男が金を下ろして、去っていく姿が映っている。自動ドアが開いてふたりの女が入ってきた。帽子をかぶった四十前後の女が年配の女のひじを支えるように寄りそい、機械に近づいてくる。

年配の女を見て、背筋に寒気が走った。

デスマスクも目《ま》の当《あ》たりにし、写真も見た。

石津米子に間違いない。

すると、こちらは……。

柴崎は穴の開くほど、横にいる女を見つめた。

成沢順子か……。

ツバの大きな白い帽子のせいで、顔がうまく見えない。順子のような気もするが、違う気もする。居並ぶ刑事たちも、首をかしげている。ブラウスの上にエプロンをつけ、長めのミディ・スカートに黒の靴下と平底の靴。ＡＴＭの前で、女は石津米子からキャッシュカードを受けとり、何事か会話をしながら、操作を始める。

「もう一度、最初からやれ」

「はいっ」

刑事の一人がリモコンを操作して、ＤＶＤを逆送りさせ、再生を始める。

六月十五日の映像だ。時刻は十八時二十分。自動扉が開き、またしてもふたりの女が入ってきた。石津米子ともう一人の女。先ほどと同じ女のように見える。七月十三日と同じように、女は米子からキャッシュカードを借りて現金を引き出していった。

映像が早送りされて、六月十七日の映像になった。時刻は二十時四十二分。

今度も同じように石津米子をともなって、女が現れた。刑事の一人がリモコンを操作して、ＤＶＤを逆送りさせて、ストップさせる。

「わからんな」

助川が悔しそうに呟《つぶや》いた。

「順子にしては地味な気がしますね。映像を調べることまで用心して、変装したのでしょうか」

浅井も自信なさげにそう答えた。

「だが、娘でなくてほかにだれがいる？　たたけば吐くだろう。厳しく押してみろ」

助川の言葉を合図に、刑事たちはテレビの前から離れ、次の仕事へかかろうとした。

柴崎はなぜか、席を立つことができなかった。

「どうした？」

テレビの前から動こうとしない柴崎に、助川が呼びかけた。

「なんだか、娘には見えない気がして……」

「おい、ほかにだれがいるって言うんだ。一緒に金を下ろしに行くなんてよっぽどの間柄だ。人嫌いのばあさんにそんな仲のいいお友達でもいたってか？」

柴崎の脳裏にスーパーの店長に聞かされた言葉が浮かんだ。

――今日はおすそわけもらうから、いいですって帰っていったなあ。

いたのだ。石津米子には、仲のいい人間が。

それが、このテレビに映っている人間ではないか。

あらためて、じっと目を凝らしていると、死体を見て動転した日のことがよみがえってきた。腐乱死体から逃れるように、階段を下りて浅井に一報を入れたときのことだ。目の前の戸が開いて、女が顔を覗《のぞ》かせていた。そして女は、

『米子さんですか？』

と言った。

表札にも郵便受けにも「石津」としか書かれていなかった。それなのに、なぜ、あの女は石津の名前を知っていたのか？

柴崎はあわてて、そのことをまくしたてた。

「女？　何階の？」

「一階です。階段を下りたすぐ前にある部屋です」

「たしか……栗田明美だな。なぜ今まで黙ってた？」

「その時は気が動転していて……、同じアパートに住んでいるのでおかしいことも思いませんでしたし」

「映像の女と似てるか」

「断言はできませんが……」

助川は小走りで部屋を出て行った。


木曜日。午後七時すぎ、警務課では昼間の顔ぶれとは変わって、宿直の起番員《おきばんいん》が席についている。他課の人間は原則、警務課に集まる仕組みになっているためだ。ただし、交番の交代勤務がある地域課だけは、別部屋で待機している。午後五時十五分の終業と同時に、捜査用車はすべて、玄関脇《わき》に移動している。緊急事態が発生したとき、即、対応するためだ。

当直勤務ではないものの、柴崎は居残っていた。記者をだますために、署長は帰宅したが、助川は刑事課につめっぱなしで、顔を見ていない。

任意で栗田明美を呼びつけたのは、午前十一時。

真っ青な顔で刑事課に通じる階段を昇っていった。

以来、八時間。

明美は一転して石津米子とつきあいがあったことを認めているようだ。ＡＴＭの引き出しにも、ついていってやったことがあると言っている。

事件を嗅《か》ぎつけた新聞記者が、ひとりふたりと玄関から入ってきては出ていく。

夕方から四杯目になる緑茶を舐《な》めながら、柴崎は警務課の業務をこなした。

警察無線の騒音があいかわらずうるさい。

「まだ、いたのか」

刑事課から下りてきた助川が声をかけてきた。

「進展はありましたか？」

「あった。六月十七日の引き出しを認めたぞ。娘と同じだ」

「金の無心ですか……」

助川は大きくうなずいた。

「人嫌いの婆《ばあ》さんに、うまく取り入ったもんだな」

「七月十三日の件は？」

「これだ」

助川はビニール袋に入った一枚の領収書のコピーをかざした。宛名《あてな》は栗田明美の夫になっている。

「旦那《だんな》が入院してる病院のツケを支払った分だ。うちの連中が病院で見つけてきた」

それだけ言うと、助川は階段を昇っていった。

領収書の日付は今月の七月十四日。金額は三十万円。

十三日に引き出した金額と同じだ。

午後十時五分、内線電話が鳴った。あわてて柴崎は受話器をとりあげた。

「いい見立てだったな」

助川はあらたまった口調で言った。

「たまたまです」

「案外、いけるかもしれんぞ、おまえ」

「落ちた……のですか？」

「六月十五日、順子に渡す金を下ろすために明美が付き添ったのがそもそものきっかけらしい。米子はＡＴＭの操作がうまくできなかったようだな。それで調子に乗って、わたしにも、と十七日に初めて金を無心したそうだ」

では犯行当日、米子と明美に何があったのか。

「なるほど……。でも、なぜ殺したんですか？」

「米子は、七月十三日には娘の借金の頼みを一度は断ったが、やっぱり不憫《ふびん》に思ったらしい。ＡＴＭに下ろしに行こうと思ってまた明美に付き添いを頼んだそうだ。そこで米子が三十万円下ろすのを手伝ってやって、欲が出たんだな。金を無心する時にしか会いに来ない薄情な娘に何度も金を貸すのなら、ふだん親しくしている自分にもまた貸してくれたっていいだろう、と米子に迫ったそうだ」

「それで米子を殺《や》った……あの封筒は米子が娘に金を渡すためのものだった……宛名も米子自身が書いたんですね？」

「そうだ。米子は借金を断り、激しい言い争いになったらしい。気がついたら簞笥《たんす》の上の帯で首をしめていたと。そして封筒に通帳を入れて、自殺を偽装しようと思いついた」

「では、順子が一年前にかけた保険はまったくの偶然、ですか？」

「どうかな。はっきりは言わないが、順子にも米子を亡《な》き者にする企《たくら》みがあったかもしれん。だが、先に明美が殺った……」

柴崎は黙り込んだ。

「おい、柴崎」

「はっ」

「ワッパもって、上がってこい」

ん……。

「浅井がおまえに頼むと言ってる」

柴崎は思わず腰を浮かせた。

「現行犯でなくて悪いがな」

ぷつんと電話が切れた。

検視で桜コーポを訪ねた日のことがまざまざとよみがえった。

助川も警察学校での一件を忘れていなかった。だから、あの日、つれだされた。

――まったく、油断もすきもならない奴《やつ》だ。

柴崎は椅子《いす》を蹴《け》るように立ち上がった。

第3室12号の囁《ささや》き

1

生活安全課長と警備課長が慌《あわただ》しく署長室に入っていった。幹部たちの様子に、柴崎令司はキーボードを打つ手を止めた。

「柴崎」

低い声がした。署長室の入り口に副署長の助川が立っている。警務課長代理の自分にも声がかかるということは、署全体にかかわる何事かが起きたのだろう。

柴崎はノートパソコンの電源を落とし、自席を離れた。

署長室の応接セットには、署長の小笠原を含め、四人の幹部が険しい顔つきで向き合っていた。

柴崎がソファーに腰を下ろしても、言葉を発する者はいない。そこに、刑事課長の浅井がやってきて、柴崎の正面にすわった。

「説明しろ」

署長の小笠原が目を向けたのは生活安全課長の八木だ。八木は額に汗を浮かべ、たどたどしく経緯を話し始めた。

来月、九月十日から五日間の日程で、柔道世界選手権大会が開催される。場所は綾瀬署管内にある東京武道館だ。開会式には、総理大臣をはじめ、東京都知事や警視総監が列席する。

今日の午前中、署の幹部を集めて開会式の警備会議が開かれた。柴崎も出席したその席で、通し番号がふられた極秘扱いの警備計画書が配られた。その書類を、八木が紛失したらしい。

苛立《いらだ》たしげに助川が口を開いた。

「なくしたのは、証拠保管庫で間違いないのか？」

「はっ、そこでしか考えられません」八木が小太りな身体《からだ》を縮こませて答える。

「会議のあと、すぐ行ったのか？」

「はい。別件の大麻事案で挙げたホシが自供しないので、押収《おうしゅう》した乾燥大麻を本人に見せようと思いまして。それで、証拠保管庫へ取りに……」

「ったく、余計なことを。保管庫の鍵《かぎ》はかけたんだろうな」

「もちろん、施錠《せじょう》しました」

助川が浅井の顔を見やると、彼は小さくうなずいた。

「八木さんのあとは、だれも保管庫に入っていません」

証拠保管庫の鍵は、浅井の席のうしろにある、造り付けの金属ボックスにおさまっている。保管庫の鍵を持ち出すときは、刑事課長である浅井の許可が必要なのだ。

柴崎は壁の時計を見た。

会議が終わったのは、午前十一時。あれからもう、五時間が経過している。必死で書類を探したものの見つからず、こうして泣きを入れてきたのだろう。

なんという失態か。柴崎は八木の横顔を見ながら心中で罵《ののし》った。

小刻みに息を吐きながら、八木は紛失時の状況を説明した。

証拠保管庫に入ってから、机の上に警備計画書の入った封筒をのせた。

保管庫にはスチール棚が並び、証拠物件のつまった段ボール箱がぎっしりと収納されている。その中から大麻事案の段ボール箱を探したが見つからず、もしやと思い、ほかの事件の箱も開いて中を確認した。ようやく目当ての段ボール箱を探し当て、乾燥大麻の入ったポリ袋を見つけたとき、封筒のことはすっかり失念していた。そのまま、保管庫のドアに鍵をかけて生活安全課に戻り、急ぎの打ち合わせをすませた。警備計画書を忘れてきたのに気づいたのは正午すぎ。あわてて、証拠保管庫に戻ってみると、封筒ごとなくなっていたという。証拠保管庫を出てからの時間は、わずか三十分足らず。

「浅井、貴様はその間、席を離れたか？」署長が言った。

「手洗いに一度、それから取り調べの立ち会いにも」

「刑事課に、ほかの人間はいたか？」

「ふたりほど。そいつらに訊《き》きましたが、他課の人間の入室はなかったそうです」

「ピッキングとかどうだ？　盗犯の連中なら朝飯前だろ？」

「鑑識に調べさせましたが、道具を使ってできた傷はなかったといいます」

「だが、保管庫から持ち出せるのは署内の人間だけだ」署長が警備課長の池谷《いけや》の顔を見た。「まさか、うちにエスがいるんじゃないだろうな？」

「いえ、うちの署に限っていえば……そっちの色が付いたような人間はいないはずですが……」そう言った池谷もどことなく歯切れが悪い。党員、過激派、新右翼——そうした連中が警察に潜り込んでいるケースもないではない。

「副署長」署長が助川の顔を見て言った。「どうする？」

「まずは証拠保管庫を封鎖して徹底的に探せ。同時に勤務不良者の洗い出しと面接。そっちはいいな、柴崎」

「はい、至急」

勤務態度不良の者をはじめとして、借金、不倫、病気など、私生活で弱みを抱えている人間のリストアップをすぐ始める必要がある。

——それにしても、警備計画書の盗難とは……。

「とにかく、今日中に見つけ出せ。いいな」署長が言った。「署員には絶対に気づかれるな」

追い立てられるように署長室をあとにする。

自席に戻って息をつくと、同じ警務課員の坂本和子《さかもとかずこ》がやってきた。

「大変そうですね」

「ああ」

柴崎は坂本が持ってきた麦茶を口に運んだ。冷えていてうまい。

ほっそりした体つきと面長の顔に制服がよく似合っている。たしか、三十二歳になったばかりのはずだ。市民からの相談をさばく広聴担当の相談員で、各課へ取り次ぐ手際《てぎわ》のよさには定評がある。

「吉田《よしだ》君の件、本当にいいのか？」

柴崎が小声で訊くと、坂本は額の前髪をわけながら、

「はい、せっかくのご厚意なんですけど……」

「そうか、ならいいが」

坂本の婚約者は元消防署員だった。二カ月前、飲酒運転で捕まり懲戒免職になった。柴崎は再就職先を二、三探してやったが、丁重に断ってきた。仕事柄、他課にも知り合いが多い坂本のことだ。どこか別の心当たりがあるのだろう。それならそれで、かまわない。

柴崎は机にしまってある人事ファイルを引きだし、机に広げた。

五名ほどを選び出して、助川に渡すと午後五時近かった。

結局その日、書類は見つからず、ひそかに呼び出した署員たちの行動にも疑わしい点は見当らなかった。

――それよりも。

終業時間をすぎて、当直態勢に入った課をながめていると、もうひとつの懸案事項が首をもたげてきた。

留置担当官のひとりが、留置人に対して便宜供与をしている可能性があるという話

が出たのは、昨日のことだった。留置担当官というのは、看守の正式な官名だ。

警察署における看守の業務は、被留置者の事故防止と処遇の適正維持にある。刑務所と決定的に違うのは、被留置者がまだ「被疑者」である点だ。つまり、取り調べの結果如何《いかん》では、不起訴もありうる。そこに、警察の看守業務の難しさがある。居丈高に出過ぎれば被疑者がへそを曲げ、いたずらに捜査を長引かせることにもなりかねない。被疑者もそんな看守の立場をわかっているから質《たち》が悪い。

とはいえ、真面目《まじめ》にやっていれば、問題なくこなすことのできる仕事だ。規則さえ、守っていれば……。

発端は留置場第３室に収監されている服部《はっとり》という窃盗犯の取り調べでの出来事だった。同じ第３室に留置されている別の被疑者と、担当の看守が親しい口をきいている、と服部が言い出したのだ。

通常、看守が留置人と話す内容はあいさつに毛がはえた程度だ。万が一、便宜供与を疑われれば、公判に入った後、被疑者の供述の任意性を裁判所に問われかねない。しかも、つい先日、多摩地区の所轄署《しょかつしょ》における看守の便宜供与が新聞にすっぱ抜かれ、留置規則の徹底が本庁から厳しく通達されたばかりなのだ。

服部が名前を挙げた看守は、青木《あおき》隆弘《たかひろ》巡査長二十八歳。この六月に、地域課から警務課留置係に配属になった大卒だ。少し気が弱いところがあるものの、捜査センスを買って署長が引き抜いた。数多くの被疑者と接する看守という職務には、若い警察官が刑事になるための登竜門的な意味合いもある。

相手の被疑者は小柳透《こやなぎとおる》、二十二歳。振り込め詐欺《さぎ》グループに、架空名義の預金通帳を売ったことが発覚して、一週間前に詐欺幇助《ほうじょ》の疑いで逮捕された。

時期が時期だけに服部のタレ込みを黙殺するわけにもいかず、事実確認は、留置場を統括する警務課の柴崎にまかせられたのだ。警備計画書の捜索はむろんだが、こちらも処理を急がねばならない。いや、こちらこそ直接、自分に火の粉がふりかかってくる可能性がある。もし看守が便宜供与を行っていたとなれば、直属の上司たるこの自分にも、処分が下るのは明々白々だ。

明日の勤務日程表を見た。青木巡査長は第二当番日——宿直だった。

翌日も警備計画書は見つからなかった。

午前十時。柴崎は二階にある留置事務室に入った。留置人の運動時間がはじまっており、室内には留置係長の土屋警部補がいるだけだった。柴崎は小柳透を含めた第3室全員の個人ファイルに目を通してから、留置場に足を踏み入れた。

ぜんぶで七室ある留置場のうち、すでに、第1室と第2室の留置人は、運動を終えて房に戻っていた。それぞれ定員いっぱいの六名がおさまった房の前をゆっくりと歩く。

第3室の前に行くと、鉄扉《てっぴ》は開けられ、中に人はいなかった。柴崎は廊下に戻り、突きあたりにある運動場に通じるドアを開けた。

粘り着くような真夏の暑気が柴崎の全身をなでた。コンクリートに囲まれた八畳ほどの空間に、六名の留置人がばらけている。爪《つめ》を切る者、電気カミソリでヒゲを剃《そ》る者、なまった身体を動かす者。運動時間も残りわずかなのか、たばこはみな吸い終えたようだ。

運動場の四隅には看守が立っている。彼らが一斉に柴崎に対して敬礼を送ってきた。青木巡査長は手前の角に立っていた。柴崎は返礼して、紫煙が残る中を歩きだした。

五十すぎの小柄な男が、壁に手をついて背中を伸ばしている。青木のことを洩《も》らした窃盗犯の服部だ。柴崎に気づくと、服部はふりむき、細い目をさらに細めて、愛想笑いを浮かべた。

柴崎は近くにいる看守に話しかけ、青木をのぞける位置に立った。制帽の襟足に、短く刈り上げた髪がのぞく。すらりとした体型からは、ひ弱そうな印象も受けるが、いまどきのごく普通の若者だ。

青木のちょうど対角線上には、長い髪を茶色に染めたぽっちゃり顔の若い男がいる。小柳透だ。色白でヒゲがほとんどなく、一見すると女のようにも見える。

柴崎は灰皿がわりのバケツにそれとなく近づき、横目で中を確認した。水に浮かぶ吸殻は十三本。個人ファイルによれば、第3室の六人は、全員たばこを吸う。一人二本の割り当てだから、一本多い……。

柴崎は看守の一人に、運動時間を十分間延長するように命令し、運動場をあとにした。

早足で留置場に戻ると、ロッカーの前に立った。個々の留置人に与えられた所持品保管庫だ。12号というシールが貼《は》られた小柳のロッカーの鍵を開けた。中には下着や腕時計といったものが整頓《せいとん》して置かれてある。たたまれたTシャツの奥に、白っぽいものが見えた。それを、そっと抜き出して見る。手紙だ。広げて目を通した。

ガールフレンドからの手紙のようだ。他愛《たわい》ない言葉が並んでいる。末尾に一昨日《おととい》の日付があり、ピンクのペンで、S・Tのイニシャルがあった。小柳は容疑事実を否認し続けているため、接見禁止命令が出ていたはずだ。外部との手紙のやりとりはできない。通常なら押されているはずの留置係長の検閲印もどこにもなかった。

柴崎は留置事務室に戻り、もう一度、小柳のファイルに目を通した。かりに接見禁止であっても、裁判所が通謀《つうぼう》の恐れなしと判断すれば、例外的に許可される場合もある。しかし、そうした形跡はない。

手紙はまったくの第三者を通じて持ちこまれたとしか考えられない。

存在し得ない手紙とたばこ……。

便宜供与は本物のようだ。いまのところ、疑わしいのは青木しかいない。

だが、なぜだろうと柴崎は思った。どんな理由があって、便宜供与をしているのか。意味もなく青木が危険を冒すとは思えない。何か小柳に弱みを握られている。そう考えるのが自然だ。

だとすれば、青木の首根っこを押さえなければならない。証拠を突きつけて、吐かせるしかない。しかし、そのためにしなければならないことを思うと、柴崎は気が滅《め》入《い》った。

2

宿直明け。北綾瀬駅に向かう青木巡査長の足取りは重そうだった。早めに出勤して待っていた柴崎は一定の距離を保ち、ぴったりと背中に張りついた。青木の後から午前九時三十四分発の綾瀬行きに乗りこむ。

青木は綾瀬駅で千代田線の代々木上原行きに乗り換えた。柴崎は少しばかり身がまえた。青木の自宅は亀有《かめあり》にある。帰るためには、逆方向のＪＲに乗り換えなければならないはずだ。

さらに青木は北千住《きたせんじゅ》で東武伊勢崎線の下り電車に乗り換えた。ますます、おかしい。ふたつ目の五反野《ごたんの》駅で降りた青木は、駅の南に足をむけた。

中小ビルの続く通りだ。歩道がないので歩きにくい。五十メートルも歩くと、額から汗が噴き出てきた。青木は猫背気味に交差点を左に曲がった。小学校の横をすぎてしばらくいくと、神社の鳥居の前で青木は立ち止まった。

そのときだった。シルバーのミニバンが青木の目の前で停まった。髪の短い若い女が運転している。青木が助手席に乗りこむと、ミニバンはスピードを上げて綾瀬駅方向へ走り去っていった。

もしかしたら、何か手がかりが得られるかもしれない。柴崎は車のナンバーを手帳に書き留めた。

しかし、この暑さは我慢できない。うんざりしながら駅に向かって歩いていると、柴崎の携帯が鳴った。

「課長代理、署には何時に戻られますか？」

部下の坂本和子だ。副署長の助川が、柴崎を至急の用件で探しているという。

神社の境内で十分ほど待っていると、道路に白いセダンが停まった。フットワークのいい坂本が自ら運転している。

柴崎が後部座席に乗りこむと、坂本は、

「今日も暑いですね」

と話しかけてきた。

「うん、暑いな」

「このあたりで何かあったんですか？」

「いや、たいしたことじゃない」

こんなとき、坂本はしつこく理由を聞いてこない。それだけでも助かる。

「もう、〝7〟は見つかりましたか？」

幹部の間で、なくなった警備計画書は、附番された番号を使って、〝7〟と呼び合っているのだ。だが、紛失したこと自体、極秘扱いのはずだ……。

「地獄耳だな」

「あれだけ探してるんですよ。みんな知ってます」

別の課で耳にしたのだろうか。坂本は笑顔で答えた。

署に着くとすぐ、柴崎は照会センターに電話を入れ、メモした車のナンバーを告げてA号照会をかけた。

ミニバンの持ち主はすぐに割れた。西新井在住の辻井《つじい》俊男《としお》という五十三歳になる会社員だ。娘がひとりいる。辻井園美《そのみ》二十三歳。さきほどの女はたぶん、これだ。

柴崎は小柳の手紙を思い出した。S・Tのイニシャル。まさかあれも辻井園美だろうか。

もしそうなら、三人の関係には説明がつく。

青木は接見禁止になっている小柳と辻井のあいだに入って、連絡係をさせられているのだ。

悪質な詐欺犯の言いなりになっている看守。たとえ、どんな理由があろうとも看過するわけにはいかない。いったい、何が原因で、青木はそんな行動をとるようになったのか。そこをはっきりさせないかぎり、本人に当たることはできない。

念のために辻井園美の総合照会をかけてみたが、ヒットするものはなかった。

柴崎はいら立ちをおさえながら、二階に上がった。留置事務室には昨日と同じく、留置係長の土屋警部補がいた。

柴崎は土屋から勤務日誌を受けとると、席について頁《ページ》を開いた。小柳が逮捕された日から目を通していく。初日の取り調べから否認となっているが、態度そのものは良好と記されている。

柴崎はある項目に目を留めた。五日前、小柳の房から週刊誌が三冊見つかったと書かれていた。刑務所とちがい、警察の留置場では私物を中に置いたまま就寝することは許されていない。だれかが見過ごしたのか。それとも、故意に残したのか。

柴崎は別の項に目を移した。小柳は留置された三日後に、ただで支給される官弁ではなく、自費で買い上げる自弁を食べている。だが、逮捕時、小柳の所持金はわずかに二千円足らず。金の差し入れもない。

ふと思い立ち、看守の勤務表と見比べてみた。

思ったとおりだ。青木が勤務している日だけ、小柳は自弁をとっている。

小柳の金品出納簿を調べたが、百円たりとも減っていない。

通常、留置場内の監視は一人で行うものだ。ほかの看守は、留置人の着衣の洗濯や押送《おうそう》業務、留置事務室での書類作成に追われている。だから、留置場の中にいる看守は常にたったひとりで、大勢の被疑者と対峙《たいじ》しなければならない。反面、同僚の目から逃れることにもなるため、不正も発覚しにくい。ましてや、特別なことでもない限り、勤務表と弁当の記録をつき合わせることなどない……。

状況的にはほぼ間違いないだろう。おそらく青木はクロだ。

柴崎は憂鬱《ゆううつ》な気持ちを抱えて警務課に戻った。助川に声をかけて別室に閉じこもり、青木について調べたことを話した。

「あんな小《こ》僧《ぞ》ッ子《こ》に脅されるなんて、青木もヘタ打ったな」助川が口を開いた。「どっかで、へまやらかしてるぞ」

「外で？」

「いんやぁ、留置場の中だってわからんぞ。雑誌の回し読みを黙認したことを上役にばらしますよ、とかって脅されてるんじゃないのか？」

それも、ありえないことではないが、今回に限っては、もっと根深い事情が潜んでいるのではないか。S・Tこと、辻井園美の存在があるからだ。

「土屋は気づいていないのか？」

「気づいてません」

「野郎、係長失格だな」

「まず、小柳の周辺から洗うべきかと。携帯の通信記録あたりから」

「おう、そうしてくれ。今日中にな」

「今日中ですか？」

「やれんこたぁないだろ。もう、生安は通信記録くらいとってあるんだろ。八木に言えば喜んで見せてくれるぞ。こっちは、それどころじゃねえ」

「……〝7〟はまだ見つからんのですか？」

「さっぱりだ」助川は充血した目で柴崎の顔をにらみつけた。「大会まで、二週間を切った。このままだと、首、くくるしかないぞ」

もし書類が見つからなければ、警備計画の変更や警備の大幅な増強が必要になるのは明らかだ。大会式典の場所や時間の変更を余儀なくされた日には、まさに署長以下の進退問題になりかねない。過激派の手に渡ったとなれば、最悪、大会中止……。この自分が本庁へ返り咲く日は遠のくばかりだ。

「あと四日だ。それまでに見つからなかったら、本庁へ上げる」

助川は苦汁をのみ込んだようにつぶやいた。

あと四日――八月三十一日。

助川の焦《あせ》りはもっともだが、柴崎にしてみれば青木の処理で手一杯だった。警備計画書の件はほかにまかせるしかない。

昼すぎの生活安全課は人が出払って閑散としていた。課長席にすわる八木に用向きを話すと、八木はぽってりした身体《からだ》を椅子《いす》から持ち上げて、手伝おうかと申し出た。

「〝7〟の件じゃなかったか」と八木はつぶやいた。

「例の大麻事案のホシは落ちましたか？」

「おうおう、なんとかな。おかげでオレは首の皮ひとつつんとこで、つながってる。もっとも、〝7〟が出てこなけりゃ、枕《まくら》を高くして眠れんがな。さてやるか」

空いた席に段ボール箱につまった小柳の携帯の通信記録を乗せて、上から順にめくり出す。同じ電話番号が頻繁に出現していた。その中のひとつに、予想通り、辻井園美とメモ書きされた番号があった。やはり、小柳は辻井とつながっていた。手紙にあったS・Tは、辻井園美と考えて間違いないだろう。

ネットへのアクセス状況も見た。同じ携帯サイトへ、くり返しアクセスしている。多いときは日に三十回近い。

生安課の刑事がすでに、調べたのだろう。そのサイトは、赤ボールペンで、『ジョイステーション』と手書きされていた。

柴崎がどんなサイトか尋ねると、八木は、

「出会い系だよ」

と答えた。

出会い系……。出会い系サイトといっても、悪質なものから、そうでないものまで、さまざまだ。ただひとつ、これだけは言える。

……多いのだ、出会い系サイトを利用する警官は――。最近では警官専用をうたい文句にするところもあるくらいだ。

ひょっとして、青木もこのサイトを利用していたのではないか……。

「小柳の事件との関連は？」

「一度、うちの連中が事務所に行って、運営者のあんちゃんを洗ってみた。だが、前はないし、振り込め詐欺《さぎ》の連中ともつながらねえ。うちとしては事件とは無関係で、小柳が個人で遊んでいると判断してるぞ。何か、そっちの看守に関係あるのか？」

「いえ、今の段階では……」

「この通話記録を見る限り、小柳は青木の携帯には、電話をかけていないぞ」

柴崎は八木の言葉の意味を考えた。青木と小柳に元々個人的なつながりはなかったようだ。残る可能性としては、やはり辻井園美だ。

柴崎は、辻井園美が振り込め詐欺グループに関係している可能性を訊《き》いてみた。

「いや、まったく無関係。このジョイステーションでつながってるってことしかわかっていない。父親は会社員だが母親は離婚していねえ。西新井の都営団地でふたり暮らしだ」

「念のため、辻井園美の通信記録も調べていただけませんか？」

「青木の件でか？」

「ええ」

「わかった。小柳の件に絡《から》めてやってみるよ」

「よろしくお願いします。小柳の勾留《こうりゆう》期限は三日後ですね」柴崎は言った。「もちろん、勾留延長ですよね」

「あったりまえだろ。ブツだってそろってるのに、否認してやがるからな」

「弁護士がうるさいって聞いてますけど大丈夫ですか？」

「ああ、勾留延長したら、異議を申し立てるって息巻いてやがる。うちとしちゃあ、また検事のところへ連れてって、説明やり直しだわ」

どっこいしょ、と言いながら、八木は席を立った。

「もう、しまっていいか？」

「助かりました」

柴崎はみずから箱を運んだ。

3

翌日、辻井園美の通信記録について八木から連絡があった。ジョイステーションへのアクセスと青木の電話番号がともに見つかったという。青木との通話は、小柳が逮捕される前から行われていた。

あとはどうやって青木に吐かせるか……。

柴崎が自席で思案していると、八木が血相を変えて目の前を通りすぎ、署長室へ駆け込んでいった。

柴崎も後を追って中に入った。

署長机に構える小笠原の前で、八木は直立不動で何事か、報告をしている。

助川に目で合図されて、そっとドアを閉める。

「……はっ、それがないのです、どこを探しても」

「何、寝言言ってるんだ、貴様、わかってるのか。明後日《あさって》なんだぞ、小柳の勾留期限は」

「はっ、わかっておりますが……た、大変申し訳なく……」

うなだれる八木をまわりこんで、小笠原は応接セットに移った。

「こっちへこい！」

「はっ」

八木は身体の正面を署長にむけたが、腰を下ろそうとはしない。

「八木、てめえってやつは」助川がなじるように続けた。「警備計画書はなくすわ、重要な証拠をなくすわ……いったい、どういうことだ」

「も、申し訳なく」

助川は紅潮した顔を柴崎にむけた。「こいつ、通帳をなくしやがったんだぞ。よりによって」

「小柳から押収した架空口座の……？」

八木は憔悴《しょうすい》しきった顔で、何度もその場でうなずいた。

気の毒になり、柴崎は八木をソファーに導いた。

「もう一度、はじめから話せ」助川が言うと、おそるおそる八木はしゃべり出した。

大規模な振り込め詐欺グループの摘発を行っている本庁の捜査本部から、口座屋の情報が入ったのは十日前のこと。その日に令状を取り、西綾瀬にある小柳の住むアパートを急襲した。家宅捜索の結果、本人名義ではない数通の通帳が見つかった。いずれも入出金記録はなく、転売目的なのは明らかだった。押収した通帳は規定通り、指紋を採り、ビニール袋に入れて茶封筒にしまった。その他の押収物とともに、事件名を記した段ボール箱におさめたという。それを、明日の勾留延長手続きのために取り出そうとしたところ、見つからなかったのだ。

「ほかにやつの犯罪を立証するブツはあるのか？」署長が口をはさんだ。

「それが……」

「通帳しかないのか？」

「は、はい、申し訳ございません」ふたたび、八木は深々と両膝《ひざ》のあいだに頭を押し込むようにして詫《わ》びた。

「おまえなあ、証拠がなけりゃ、釈放するしかないんだぞ。わかってるのか？」助川が怒気をはらませた声で言った。

「それはもう」

「警備計画書をなくした日のことだ、よく思い出してみろ」

「まちがいありません。大麻事案の段ボール箱が見つからず、他の箱を開いたとき、通帳の入った封筒をたしかに目にしました」

「そのとき、中身を調べたのか？」

「いえ、調べてはおりませんが、たしかにありました。誓って申し上げます。ありました。あそこに」

「それが封筒ごとなくなるとは、どういうことだ？」ふたたび助川が口を開いたので、八木はうっ、とうめいたなり、黙りこんだ。

「まあ、副署長。で、その日以降、段ボール箱は調べたのか？」署長が訊いた。

八木は、あっというような顔で署長を見つめた。

「なんだよ、どうしたってんだ」

「あ……なかった……」

「ない？　いつからなくなったんだ？」

「あの日、警備計画書がなくなった日です。報告後、みなさんにも保管庫を調べてもらいましたよね。あのとき、わたしはその段ボール箱の中をもう一度調べたんです。そしたら、もうそのときは……なかった」

「じゃあ、なくしたのはその日だぞ。馬鹿《ばか》め」

柴崎は奇妙な話だと思った。

まったく同じ日に、大切なものが二つも証拠保管庫から消えている。

何者かが証拠保管庫のドアを開け、机の上にある封筒を持ち去った。そいつが、小柳の事件の段ボール箱も物色して、通帳も盗み出した……。そこまで考えて、柴崎はすっと背筋が冷たくなるのを感じた。

——まさか、両方とも青木が。

あの日、青木は第一当番日で署にいたはずだ。盗み出されたのは午前十一時半からの約三十分間。留置場を抜け出そうと思えばできないことはない。

柴崎はすぐ戻りますと言い置いて、署長室から出た。留置事務室のある二階まで駆け上がり、中にはいると、勤務日誌を手にとった。警備計画書が盗まれた日を開いて、まじまじと見つめた。

青木——十一時二十五分から、休憩。

思わず唸《うな》った。

柴崎はそれを手にしたまま、署長室に舞い戻った。

その頁《ページ》を開いて、柴崎は三人の前で切りだした。「看守の青木巡査長が盗んだと考えるとつじつまが合います。青木は、おそらく出会い系サイトを通じて、辻井園美という女と知り合っていました。その辻井は、口座屋の小柳と付き合っています。そうですね、八木課長？」

八木は狐《きつね》につままれたような顔で、柴崎の問いかけにうなずいた。

「柴崎、よく考えてもの言えよ」

横から口出ししてきた助川をさえぎるように、署長が言った。「代理、おまえ、今度の盗難の件、陰で操ってるのが小柳だとでも言いたいのか？」

柴崎は、小柳に対する青木の便宜供与の疑いを説明した。「青木は小柳になんらかの弱みを握られた。青木は言われるまま、勤務時間外に辻井園美と会って手紙の受け渡しをした。そのうちに小柳の要求はエスカレートして、証拠品となっている通帳を盗み出してこいと青木に命令した。それを引き受けざるを得なかった青木は、証拠保管庫の段ボール箱から通帳を盗み出した。去《さ》り際《ぎわ》、机の上にある封筒に目がいった。中を見ると、警備計画書が入っている。そのとき、青木はひらめいた。これを盗み出せば、大事になる。自分が盗み出した通帳のことなど、見向きもされなくなると――」

「……カモフラージュのために、警備計画書をか……？」助川が言った。

4

土曜日の警察署の一階は、当直態勢だ。受付にふたりの警官がいるだけで、静まりかえっている。だが、奥にある署長室のドアは閉め切られ、中には重い空気がたちこめていた。

「青木、この手紙に見覚えがあるな？」助川が言うと、向かいにすわる青木巡査長が、わずかに腰を浮かせた。ビニール袋に入った手紙を見つめる目に、ほんの一瞬、困惑の色が浮かんで消えた。隣にすわる留置係長の土屋の顔に赤みが差した。

「どこにあったか、わかるな？」

「いえ」と青木は小さく返事をすると、背を伸ばし両手を膝に乗せた。

この男、と柴崎は思った。あっさりとは認めないようだ。

「小柳の所持品保管庫にあったものだぞ。覚えはないか？」

青木は目をそらし、もう一度、「いえ」と答えて膝を開閉させた。

「小柳は接見禁止だ。弁護士も手紙の差し入れはしていない。この手紙は空を飛んできたのか？」

「…………」

「この手紙の存在はわかっていたな？」

言いながら、助川は苛立《いらだ》たしげに、手紙をテーブルに放り投げた。

青木はそれをだまって見下ろすばかりだ。

怖《お》じ気《け》づいたのか、それとも、ずるがしこいのか、判断できない。

署長の小笠原は離れてすわり、足を組んで様子見をしている。

「今週も二度、朝の房検で小柳の毛布の中から、雑誌が出てきた。小柳の同房者が差し入れてもらった雑誌だ。房の中で雑誌の回し読みは厳禁だ。わかっているのか？」

「はっ、わかっております」

「見つかったのは二度とも青木、おまえが当番だった日だ」

青木の視線がわずかに揺れたのを見ると、助川が一気に出た。

「小柳にだけ、たばこも多く渡していただろうが！」

大声にひるんだのか青木が目をそらしたのを見て、さらに追いうちをかける。

「おまえが辻井園美に会ったのを柴崎が見ているんだよ！」

青木が驚いて柴崎を見上げた。柴崎は視線を受け止め、小さくうなずいた。

青木が辻井園美と会ったこと自体は、限りなくクロに近いものの、完全な証拠とは言えない。通話記録も同じだ。便宜供与の現場を押さえていない以上、この場でしらを切られる可能性があることは助川もわかっていたはずだ。だが、青木の動揺は自白に等しい。ここは助川の方が一枚上手《うわて》だった。

助川が声のトーンを下げて尋ねる。

「小柳に何を握られているんだ？」

青木は足元を見つめてしばらく黙り込んだ。

そして、消え入りそうな声でつぶやいた。

「携帯を……」

「携帯？　留置場で私用の電話をしていたのを見られたのか？」

「……はい」

観念したのか、青木の肩から力が抜けた。

「この手紙も、おまえが頼まれて運んできてやったんだな？」

「そうです。あいつが携帯で連絡して……」

「連絡？」助川の顔色が変わった。「おまえ、携帯を野郎に貸していたのか？」

青木はゆっくりとうなずいた。

「どれくらいだ？」

「毎日」

脅しの手口が読めてきた。最初は、私用電話のことは黙っていてやるから、雑誌を読ませろ、たばこをよこせ、といった小さなことから始まったのだろう。それが徐々にエスカレートしていった……。

はじめに毅然《きぜん》とした態度をとっていればよかったのだ。その段階ならまだ、簡単な処分で済んだはずだ。一度、要求に応じてしまったことで、ますます断れなくなったのだ。

「やつはときどき自弁を食べているが、おまえが金を出してやったんだな？」

「それも、ありました」

どこか淡々と答えだした青木に、柴崎はわずかに引っかかるものを覚えた。

「それは置いとくとしても青木」助川がおだやかな口調に切り替えた。「四日前の火曜日。十一時二十五分からおまえは休憩に入ったな？」

青木は意外そうな顔で助川を見やった。

「覚えていませんが、その時分に休憩をとることもあります」

「とぼけるんじゃねえ。四日前だ。どこのどいつが忘れるってんだ。てめえ、そのときどうした？　言え」

助川の気迫に押され、青木は上体を引いて背もたれによりかかった。

「もう、わかってるんだぞ。証拠保管庫に入っただろ？　どうやって鍵《かぎ》を開けた？　そこで何を盗んだ？　小柳から頼まれて、やつの架空口座の通帳を盗んだろ？　ついでに何を盗んだ？　言ってみろ」

「いえ……」

落ち着かなげに、青木は首を左右にふる。

「白状しろ。どこへ警備計画書を隠した」

青木の顔に当惑の色が広がるのを柴崎は見つめた。すべて見抜かれてしまったことに対する驚きがそうさせているのか。それとも本当に知らないのか……判断がつかない。

「そ……それは」

「しらばっくれるのもたいがいにしろよ。警備計画書がなくなれば、署がひっくり返るくらいの大事になるとわかっていて、てめえはあえて実行した。ほかにないだろ」

「自分はしていません」きっぱりした感じで青木が言ったので、隅にいた署長が身を起こした。

「あのなあ、おまえ」

署長が言うのをさえぎるように、助川が、

「往生際《おうじようぎわ》が悪いにもほどがあるぞ。ことは重大だ。おまえひとりの問題じゃ済まん」

助川は懇願するような口調で続けた。「いいか、総理大臣も来るんだぞ。わかってるだろ？　な、ここで正直にありかを教えろ。処分はあるだろうが、俺たちが可能な限り貴様を守る。だから、正直に教えてくれ」

「と仰《おつしや》られても、自分はずっと休憩室におりましたし」

「休憩室？　留置場のか？」

「はい」

休憩室は留置場に隣接してある。そこから出るためには、留置係長のいる留置事務室を通らなければ外へ出られない。

「だれかといっしょにいたか？」

「いえ、ひとりでテレビのニュースを見ていました」

「何時まで？」

「さあ、十五分くらい。そのあと、係長に呼ばれて事務室で留置人の信書発受簿をつけていました」

助川が留置係長の土屋を見やると、土屋は、

「は、わたしが命令しました」

と恐縮して答えた。

「何時までやった？」

「十二時過ぎまでです。それから、こいつと事務室で昼飯を食べました」

「十一時二十五分から、青木は外に出ていないということか？」

「わたしもトイレに立ちましたから、はっきりそうは言えないですが、たぶん、そうではないかと……」

助川から困惑した視線を投げかけられ、署長は首を横にふった。

今日のところはこれまでだった。

柴崎は納得がいかなかった。では、いったいどこのだれが警備計画書を盗んだというのか。思想犯なら、警備計画書だけを盗むはずだ。しかし、ホシは同時に小柳の通帳を持ち出している。青木はアリバイがあると言い張っているが、土屋係長がトイレに立ったすきに、こっそりと抜け出ることは可能だ。五分もあれば、証拠保管庫から盗み出すことはできるだろう。さらに、青木を追及するべきか。だが、そのためにはもっと別の材料がいる。じっと考え込んだ。もはや時間の余裕はない。署内の問題で外部の人間に接触するのは避けたかったが、頼みの綱は辻井園美しか思いつかなかった。

大きく胸の開いたレオパード柄のタンクトップに、辻井園美の鎖骨が浮き出ていた。茶色く染めたボブヘア。ピンクの数珠《じゅず》をつらねたロザリオネックレスも足元のサンダルも安っぽそうだ。柴崎は突然呼びだしたことを詫《わ》びた。

「警察の人がなんですかぁ」きっとつり上がった細い眉毛《まゆげ》を動かして園美は言った。

ここは、園美が住んでいる都営団地の近くにあるファミレスだ。

「西新井のパチンコ屋さんで、ワゴンサービスやってるんだって？」気さくな感じで柴崎は言った。

「うん、わりと気に入ってんの。ねえねえ、おまわりさんはなんの仕事？　刑事さんとか？」

「いや、事務だよ」

「ふーん、事務かあ。で、用って何？」

「わかってると思って来たんだけどな。ほら、小柳君っているじゃない？　いま、うちであずかってる男の子。知ってるよね？」

「……うん、まあ、ちょっとね」園美は髪の毛をいじりながらあっさり認めた。

「彼氏に手紙書いたりした？」

「あるけど、どうかした？」

「いや、別にいいんだ。彼、いま留置場に入ってるんだけどさ、電話したことあるかい？」

「うん」

柴崎は安堵《あんど》を覚えた。この女は自分のしたことの重大さがわかっていない。話を聞き出すのは難しくなさそうだ。

「どんなこと話した？」

「そんなこと聞くー？　やだ」

「えっとさ、君、ジョイステで小柳君と知り合ったんだろ？」

「えー、どうして知ってんのー」

「小柳君だって、いろいろと話すさ。今年の春だろ、知り合ったの？」

「うーんと、そうね、だったかも」

「それとさ、それより前に、うちの青木隆弘って警官とも知り合ったよね？」

うーんと言ったなり、園美は口をつぐんだ。

チョコレートパフェに差しこんだスプーンをいじる園美を見守る。

「青木ともジョイステで知り合ったんだよね？」

続けて聞くと、園美は口を開いた。「あいつも喋《しゃべ》ったの？」

「部下だからさ」

「何かまずい？」

「いや、君だって大人なんだし、彼だってそうだし。青木とは最近、会ってない？」

「うん」

また園美はパフェをつきだした。

「嘘《うそ》ついてもダメだよ。今週も青木と会って車でどっか行ったじゃない。見てた人がいるよ」

園美は肩をすくめて、チョコレートのかかったアイスクリームを口に運んだ。

「ちょっと困るんだよ。留置場に入っている人間が、看守の携帯で話したりするのはね。警官を使って手紙を届けるのだってそうだ。へたしたら、犯罪になりかねない」

園美は、わきに置いた柴崎の名刺をちらちらながめながら、

「ねえ、柴崎さん、何聞きたいわけ？」

「もう、わかってるだろ？　君と小柳と青木の関係だよ。小柳は電話で、青木と会って手紙を渡せって言ったんだろ？」

「知ってるならいいじゃない」

「青木は脅されてるんだよ。小柳に。それも知ってる？」

「まあ、たぶん」

「君は平気か？　青木とだって付き合っていたのに」

「付き合ってなんかないよ。ちょーむかつくよ、あいつ」園美が急に気色ばんだので、

柴崎はおやっと思った。

「青木と喧嘩《けんか》でもした？」

「ねえねえ、おまわりって多いよ、うちらのサイトでも」

「知ってる」

「共通点も？」

「何？　どんな？」

「ちょー面白くない奴《やつ》ばっかし」

「まじめだからね」

「そん中でも、青木って最悪。もう、会話ってないし。つーか、話が続かない。わたし、あんた警官でしょってすぐに当てた。そしたら、明日、どこそこで検問やるから気をつけてねとか、こっちの気を引こうとしてべらべらしゃべり出すの。身体《からだ》じろじろ見ながらさ。署の先輩が痴漢したけど、うまくもみ消したとか、酒飲んで運転したとかさあ、えんえん、実名出してやんのよ。そんな話、聞いたって面白くもなんともないのに……」

眉間《みけん》にしわをよせて話す園美の顔つきは尋常ではなかった。何かがおかしかった。話がつまらないからといって、これほどまで嫌うとは思えない。

「聞かせてくれない？　本当のところ、青木と何があった？」

園美は一瞬黙ったが、すぐに話し始めた。

「あいつ、すげえしつっこいの。むりやり、鹿浜《しかはま》のラブホに連れてかれてさあ……」

そこまで言うと、園美は唾《つば》をのみこんだ。

「まさか、君……」

「もう、いきなりベッドに押し倒されて、服ちぎられて、もう……さんざん。終わったら裸んとこ写メとられて、だれかに話したら、こいつをばらまくぞって言われて」

思い出したらしく、園美の肘《ひじ》のあたりが粟立《あわだ》っていた。

「もう、最低あいつ」

しかし、目の前にいる女は、今週、青木と会っていた。青木が小柳に脅されていることを知りながら。一方の青木も、それに応じていた。

――青木が脅されていたのはこれか？

強姦《ごうかん》まがいの行為に及ばれた園美は、そのことを小柳に知らせた？　小柳はそれをネタに青木を脅した。……そういうことなのか。

5

八月三十一日月曜日。

朝、柴崎は暗澹《あんたん》たる気持ちで北綾瀬駅の駅舎から出た。警備計画書も通帳も未《いま》だに見つからず、昨日、小柳は証拠不十分で釈放された。どちらも表沙汰《おもてざた》になれば、とりかえしがつかない。

幹部は処分を受け、この自分も例外ではない。

こんなことになろうとは……。

それもこれも、綾瀬署くんだりに左遷《させん》されてきたせいだ。本庁の固い殻の中にいれば、くだらぬ事案に巻きこまれることもなかった。このままでは青木による便宜供与も、監察に報告が行く。万事休すだと思った。減給処分はまぬがれない。いや、依願退職まで追いこまれる可能性もある。

たったひとりの愚かな部下のせいで、この自分までが……。

壊れるほど強く握りしめていた携帯のフラップを開ける。

ベッドの上でいぎたなく眠りこける青木隆弘の顔。

昨日、辻井園美からもらった画像だ。園美は強姦されたあと、ひそかに青木の寝顔を撮った。これをネタに青木は脅されたにちがいない。

柴崎は携帯をしまい、前をにらみつけた。

今度はこの自分が青木を脅す番だ。写真を青木につきつけて、通帳のありかを吐かせる。そして、もう一度、小柳を引致する。……ほかに手段はない。

署に着いたのは八時二十分。一階ロビーはすでに警官で溢《あふ》れていた。地域課の前を通り、警務課に入る。

覚悟を決めてきたのだが、課の雰囲気はふだんと変わりなかった。署長室も開けっ放しになっていて、稟議《りんぎ》ばさみをたずさえた署員たちが入退室をくり返している。その入り口わきに陣取る副署長の助川などは、のんびりと新聞をめくっているではないか。

警備計画はどうする気か。変更するなら変更するで、大騒ぎになっているはずだ。なのになんなのだ、この空気は……。それに、何かが欠けているような気もする。

柴崎は警務課長代理の席に着くと、鞄《かばん》を置いて、助川のデスクの前に立った。

助川はちらりと柴崎に目をくれたが、すぐ新聞に戻した。

「副署長…… いいのですか？」おずおずと切りだした。

「うん、何が？」

助川は紙面から目を離さないまま、言った。

「ですから、〝7〟の……」

「あ、あれな、見つかった」

言われて柴崎はまじまじと助川の顔に見入った。

「ど、どういうことですか？」

「だから、あったんだよ」

「どこに？」

「もとのところに決まってるだろ。昨日、当直が見つけた」

「証拠保管庫？」

助川がうなずいた。

「じゃあ、警備計画はそのままということで？」

もう助川は答えなかった。

決めたとおりで行くということだ。

署長室では小笠原が、お茶を運んできた婦警とにこやかに会話をしている。

わけがわからなかった。自席に戻ろうとしたとき、助川に声をかけられた。

「タマは見つけたからな」

「なんのタマです？」

助川は引き出しから、透明なビニール袋をとりだして、かざした。

まじまじと見入った。

……小柳が作った架空口座の通帳ではないか。

いったいどこで。

「詰めの甘い女だよ。計画書や封筒の外側には怪しい指紋は付いていなかった。でもな、封筒の内側。開きのところのすぐ下あたりに右手親指の指紋がくっきりと残っていたぞ」

「……女」

「最初から内部の犯行だってことはわかってたんだ。身内の指紋なら自動識別システムで一発だ」

まさか。

言われて柴崎は課を見わたした。

――いない。いつも笑顔をふりまいて、動きまわっている存在が。

「もしかして……坂本」

自分の口から出てきた名前が柴崎には信じられなかった。

「あっさりと落ちた。彼女、一日中、署内を歩き回ってるだろ。証拠保管庫の鍵《かぎ》は刑事課の連中が出払ってるときに複製を作っておいたらしいんだよ」

平然と話す助川の言葉が理解できなかった。

――なぜ、彼女が？

「そういえばおまえ、仕事がどうこう言ってなかったか？」助川が薄笑いを浮かべて言った。

「……まさか、坂本のフィアンセの消防署員？」

「ああ。そいつが酒飲んで運転する車に、坂本も同乗していたんだよ」

柴崎は見えない手で顔をはり飛ばされたような気がした。

飲酒運転を承知で警官が助手席に乗れば、その警官が酒気帯び運転幇助《ほうじょ》の罪に問われる。発覚すれば処分は必至だ。退職にまで追いこまれる。

「夜の検問だ。彼女、一目散に逃げたらしいぞ。まあ、気持ちはわかるがな」

柴崎の脳裏に、辻井園美が言ったことがよみがえった。

……署の先輩が痴漢した……酒飲んで運転したとかさあ……。

署内に、飲酒した消防署員の車に坂本和子が乗っていたことを、知っている人間がいたのだ。飲んだ店で見かけたのかもしれない。ふたりで車に乗りこむところを目撃された可能性もある。人の口に戸は立てられない。噂《うわさ》はめぐりめぐって、青木の耳にも入った。青木はそれを辻井園美に洩《も》らしていた。しかも実名で。

小柳に通帳を盗めと脅迫されていた青木は、そのネタを使って、今度は坂本を脅した。坂本はそれに応じるしかなかった。そして、証拠保管庫で犯行に及んだとき、警備計画書を見つけた。計画書がなくなれば、通帳どころではなくなる。そう判断して封筒をかかえて保管庫をあとにした。小柳が思惑通りめでたく釈放されると、もう警備計画書は不要になった。ひょっとしたら坂本は、良心の呵責《かしやく》を感じたのかもしれない。そして、こっそりと元の場所に戻した……。

ばかげている。

そんなことで、この自分までが苦しめられるとは。

呪詛《じゆそ》の渦巻く頭の中で、柴崎は素早く計算をしていた。

通帳は戻り、小柳は再逮捕される。青木の便宜供与については、署をあげて隠し通すだろう。園美との件もなんとかなるはずだ。そうなれば、とりあえず、自分の落度はなくなる。

坂本ひとりが処分を受けて、依願退職に追いこまれることになる。

では、警備計画書の紛失の責任は？
柴崎は助川に一瞥《いちべつ》をくれた。
あいかわらずの格好で、新聞をめくっている。
どこまでも呑気《のんき》な男だと柴崎は思った。

片識
かた じき

1

宵闇《よいやみ》の北千住駅はラッシュの真っ最中だった。西口改札から歩行者専用デッキへ抜けたところで、歩をゆるめる。柴崎令司の視界には、若いＯＬをあいだにはさんで、背の高い瘦《や》せた男の後ろ姿が入っていた。白の半袖《はんそで》カッターシャツに地味なグレーのズボン。短く刈りこんだ髪。男は太い柄の傘をさし、駅を背にして歩きだす。

三十メートルほど距離をおいたところで、柴崎は男の後についた。制服ではなく、濃紺のスーツだ。勤め帰りのサラリーマンに溶けこんでいて目立つことはない。腕時計に目をやる。午後七時十分。ぱちぱちと大粒の雨が傘にあたった。九月第二週の水曜日。いすわった秋雨前線は、テコでも動きそうにない。尾行にはうってつけの日だ。

男は宿場町通りのアーチをくぐった。ゆったりした石畳の通りのあちこちから、客を呼びこむ声が響く。このサンロード商店街は、江戸の昔、日光街道だったこともあり、左右にずらりとならんだ店は、昔ながらの風情《ふぜい》を色濃く残している。しかし、男はそんなものには一瞥《いちべつ》もくれず、まっすぐ前をむいて歩いていく。

ふたつ目のコンビニを通りすぎると、めっきり人通りがへった。建てこんでいた店が途切れて、右手に細長い公園が見えてきた。入り口に木でできた古めかしい門がある。男はすっと脇《わき》にずれるように、門の前の暗がりに入った。

公園の向かい側には西へ抜ける道がある。その角にトタン板張りの古い木造二階建てアパートが建っている。上下で六戸。左右に二階へ登る階段がついている。

男は暗がりから、アパートの二階にある角部屋を見ていた。昨日も、一昨日《おととい》も、男はこの場所から同じ部屋を見上げていたのだった。

柴崎も昨日と同じように、間口の狭いスーパーの軒先に移動した。雨よけのビニールシートの内側から通りをながめた。

角部屋の窓から明かりが洩《も》れている。部屋の主は帰っているようだ。

男は携帯電話をとりだしてキーを押すと、耳にあてた。ふたたび、アパートを見上げる。

そのとき、ぱたんと音をたてて、角部屋の窓が開かれた。つるりとした細面《ほそおもて》の女が、窓から顔をのぞかせた。ロールアップした髪をうしろでまとめ、蛍光灯の光が透き通るような白いうなじを浮かび上がらせている。

女の手にも携帯があった。それを耳に押しつけ、男を見下ろしていた。

ふたりは、携帯を通じて話し込んでいるようだ。

女は顔を強張《こわば》らせながら、ひっきりなしに喋《しゃべ》っている。対する男も、身振り手振りを交えながら応《こた》える。わずかに声が伝わってくるものの、内容までは聞き取れない。

しばらく話しこんだあと、女は携帯電話を耳から離した。男をにらみつけたまま、大きな音をたてて乱暴に窓を閉めた。

男はしばらく女のいなくなった窓を見つめたまま、塑像《そぞう》のようにかたまっている。

二分近くたってから、ようやく駅の方向に歩きだした。

2

「奴《やつ》は本物か？」

副署長の助川はソファーに腰を落ちつけると、物静かに切りだした。

「おそらく」

午後七時。助川の住む副署長官舎は、綾瀬署から歩いて五分の閑静な住宅街にある。

柴崎は昨日の晩、尾行したときの状況を報告した。

「そりゃ真っ黒だな」

「はい、残念ながら」

「わざわざ家の前まで行って電話をかけるなんざ、普通じゃないぞ」

助川は腕を組み、唇をへの字にひき結んだ。

三日前のことだった。綾瀬署の警務課にひとりの女性から電話が入った。小西美加《こにしみか》、二十六歳。

〈ストーカーに遭っているんです〉

このたぐいの相談は、それほど珍しいものではない。だが、そのあと、女の口から信じられない言葉が飛びだした。

〈相手は中央本町交番の警官です。名前は森島《もりしま》……常夫《つねお》。その人からストーカーされているんです〉

小西美加によれば、ストーカー行為がはじまったのは、今年の六月頃からだという。最初は、執拗《しつよう》なメールや電話だった。美加が無視していると行為はエスカレートし、自宅の前で待ち伏せするようになったという。

現職警官によるつきまとい行為が本当ならば、たいがいの人間の神経はもたない。

大の男、しかも警官のストーカー。美加がどれほどの恐怖を抱いたかは想像に難くない。

美加のアパートがある北千住は、同じ足立区ではあるが綾瀬署の管轄《かんかつ》ではない。勤務する警察署の管轄外なら、監視の目が甘くなると考え、犯行を継続しているとするなら、これほど悪質なことはない。

いずれにせよ、早い段階で森島常夫巡査部長の事情聴取に踏みきらざるをえない。最終的には両者から話を聞いて、なんらかの処分を下すことになるだろう。そのときのために、情報を集められるだけ集めておく必要がある。言い逃れができないところまで追いこまなくてはならない。

仲間を売るような行為で後味は悪いが、警察という組織を守るためには腐った部分に一刻も早く見極めをつけ、切り落としてゆかなくてはならない。それが警務課長代理として、自分に与えられた使命だ。

そうだとわかっていても、柴崎は情けない思いがした。

一介の所轄の、しかもストーカー警官の尻《しり》を追い回すような仕事につくとは。こんな仕儀に立ち至ったのも、すべては異動で綾瀬署に移ってきたからにほかならない。

しかし、現実を直視すれば、いまの立場を呪《のろ》っていてもはじまらない。たとえ、ゴミのような仕事でも、きちんと処理しなければ、署の人事関係をあずかる自分の手落ちということで責任問題にもなりかねない。ただでさえ、警官の不祥事は多いのだ。気を抜くことはできない。

「森島はどんな人間なんでしょう」

柴崎は助川に尋ねた。

刑事畑出身の助川は現在四十九歳。まだ上のポストを狙《ねら》える年齢だ。自分が籍をおく署の警官が不祥事を起こせば、昇任に大きく響いてくる。今回の事案についても、慎重に対処せざるをえない。助川は森島の上司にあたる地域課長の望月《もちづき》に話を聞いたという。

「これまで浮いた話はないな。酒もつきあい程度にたしなむだけだし、慰安旅行でも羽目を外した姿など、一度も見たことがないそうだ。若い連中をつれて月イチで飲み屋に行くが、そのときもにこにこ笑って部下の相談事に耳を傾けている。結婚記念日にはきちんきちんと女房に贈り物だ。あの年なら、交番でサボっていてもおかしくないのに、こつこつと自転車で巡回連絡に精を出してるそうだ。もちろん要注意人物じゃない」

なんらかの処分を受けた者や素行の悪い警官は、要注意人物として、監視対象になる。しかし、森島に限っては、そのような事実はこれまでいっさいなかった。むろん、借金もない。

「なぜここにきて、五十五にもなるいい大人がストーカーなんて……」

「しかも自分の子供と同じくらいの年の女をな。二十五になる長女の弓子は芸大出で、都の交響楽団の団員だ。オーボエ吹いてるんだと。長男の知之《ともゆき》は介護福祉士志望らしいぜ。一浪して私大の福祉学科に籍をおいてる。警官の家庭にしちゃ、上出来だな。よく、ここまで育て上げたって地域課長も感心していた」

「なんの問題もなさそうな家庭ですね」

「そのよくできた長男坊が、ちょくちょく学校をサボってるとこぼしてたことがあったそうだがな」

それもよくある話だと柴崎は思った。子供が甘えているだけのことだ。それより、柴崎は気にかかることがあった。小西が森島の名前を知っているのが腑《ふ》に落ちない。

「副署長、仕事がらみで、小西美加との接点はありましたか？」

「いや、ない。奴の書いた日誌はぜんぶ目を通させたが、小西の名前は出てこない」

森島は足立区役所に隣接した中央本町交番の交番所長をしている。日光街道に面していて、交通事故の処理は多いが、綾瀬駅周辺の交番とちがって、飲屋街などはない。保健所や公園が整備され、都営住宅やマンションも多い。こうした土地で小西と知り合った可能性は低い。

「私生活のトラブルがらみではないですか？」

「あの手の男は、仕事でそんな不始末はせんだろうな。それより、女の方から何か出ないのか？」

「いえ、小西は生まれも育ちも浦和ですし、足立区近辺に親戚《しんせき》や友人はありません。二年前から、あのアパートでひとり暮らしです」

「勤務先はどうだ？」

「今年の六月から、文京区の千駄木《せんだぎ》にある広告代理店に派遣されて事務の仕事をしてます。こぢんまりとしたオフィスですね。朝は十時出勤で夕方は六時まで。あくせく働いているという印象は持ちません。その前は、大手町のコンビニでアルバイトしていたそうです」

「ちょうどストーカー行為が始まった頃に職場を移ってるのか」

「そうなりますすね」

「森島がたまたま、その大手町のコンビニによったたんじゃねえか？　それで一目惚《ひとめぼ》れした……」

「コンビニは通勤ルートから離れてますし、自宅からも同様です」

「じゃあ、北千住の駅前で見かけて一目惚れしたとか。まさに片識《かたじき》だな」

ストーカーのことを昔の刑事は〝片識〟と呼んでいたという。「片方」だけが「識《し》る」――。〝片識〟は往々にして、相手が自分に好意をよせてくれていると思いこむ。そして、少しでも冷たくあしらわれると、被害妄想におちいり、相手を憎んで執拗な攻撃を仕掛けるようになる。助川が言うように、一度目があったという程度のことから発展した可能性もなくはないのだ。

柴崎は顎《あご》に手をあてて考えこみ、口を開いた。

「ひとつ不可解な点がありまして……」

「なんだ？」

「なぜ小西美加は今まで被害届を出さなかったんでしょう。ストーカー被害に遭って、三カ月も経《た》ってからようやく電話してくるというのは、遅すぎるように思うのですが」

「おいおい、柴崎、よけいなこと考えるなよ。そんなものを出されたらどうする気だ？　出される前に決着をつけなきゃならんだろうが」

「はっ……それはそうですが」

「でな、柴崎」助川はやんわりと続ける。「署長には報告済みだが、こんな場合、どうすりゃいい？」

助川が本庁人事畑出身の柴崎を頼りにしている様子がうかがえた。いくら、刑事として優秀だったとしても、部下のしでかした不始末のひとつも自分では判断できない。このような人物が副署長におさまっているのだから、出先機関というものは始末に負えない。

「まだ監察にはあげられません」

「いいのか？」

「要注意人物なら別ですが、これまで問題のなかった人物については、あくまで署内で決着をはかるというのが人事の本筋です」

そこでうまく対処して、その経緯をきちんと上にあげれば、人事一課の評価は高まる。次の異動では、もうワンランク引きあげられることもあるのだ。

「そう言うなら、もうしばらく様子を見るしかなさそうだな。まあ、おまえ自身、試されてもいるわけだ」助川は意地の悪そうな黒目を柴崎にむけた。「なあ、柴崎。いくらおまえが管理職に近づいたといっても、まだ課長代理だからな。ヨーイドンの号砲が鳴ったばかりだ。これから先、部下たちの不始末を握って握って、握力がなくなるくらい握りつぶさなけりゃならんぞ。覚悟はできてるか？」

柴崎は顎をひいて、うなずいた。

管理職は課長職以上だ。課長代理の自分はまだ管理職ではない。だが、警務課長代理は実質的な管理職だと思っている。

「それがわたしの職務ですし、これからもそうするつもりです」

「頼もしいことだな。本当に大丈夫か？」

「おまかせください」

くどいと思った。たったひとりの警官の行確ぐらいできなくては、人事担当とは言えない。本庁人事屋の仕事のやり方を、この際、見せてやらなくてはならない。森島常夫という警官に喰らいつき、その本性を徹底的に暴《あば》くまでだ。

その晩の食事は、珍しく長男の克己といっしょだった。小学校六年生の克己は、二学期に入ってから塾通いを始めた。来春には私立の中学校の受験が控えているためだ。今日も塾帰りで帰宅が遅くなり、柴崎とともにテーブルを囲んだ。おかずは克己の好きなトンカツだ。

ビールを飲みながら、柴崎はそれとなく勉強の進み具合を訊《き》いてみた。しかし、克己は黙々とご飯を口に運ぶだけで、口をきかなかった。しびれを切らして、柴崎は強い口調で話しかけた。

「うん」

と克己は生返事を返すだけだ。

「どこか、身体《からだ》でも悪いのか」ふたたび問いかけると、克己は食べかけのご飯を残したまま、自分の部屋に行ってしまった。

後味の悪さを感じながら、柴崎は盛られたご飯に箸《はし》をつけた。

「あの子も、もう年頃だから、あれこれ言われるとカチンときちゃうのよ」

妻の雪乃から諭されるように言われた。

「だからって、父親を無視していいって法があるか」

そう答えてみたものの、自分も子どもじみているように思えた。

洗い物を始めた雪乃の背中を見ながら、柴崎はトンカツを一切れつまみあげて口の中に放り込んだ。

3

土曜日午後六時。日勤を終えた森島の痩身《そうしん》が、警務課の隣にある銃保管庫から現れた。交番勤務の警官は、勤務を終えると拳銃《けんじゅう》を返却するため本署に戻ってくるのだ。日焼けした顔に出っ張った頬骨が目立つ。心もち顔がむくんでいるようだ。

着替えをすませて、正面玄関から出ていったのを見極めると、柴崎も席を離れた。休日出勤の二名の課員に気づかれてはならないので、十分前から帰り支度を整え、机で事務仕事をするふりをしてきた。

短くあいさつをして警務課を出る。上司にあたる副署長の助川は公休でいない。本来なら柴崎も休みだが、部下の手前、わざわざ仕事を作って休日出勤をごまかした。

小さな黒革のショルダーバッグを肩にさげた森島が、環七通り沿いを北綾瀬駅に向かって歩いていくのが見える。ダイヤは頭の中に入っているから、あわてる必要はない。

たっぷり、百メートル以上離れて尾行を始める。森島の行確は今日で四度目だ。森島が非番の日をのぞいて、すべての日につきあっている。

森島は北綾瀬駅から綾瀬に出て、代々木上原行きの電車に乗った。柴崎も同じ電車のひとつ離れた車両に乗りこんだ。電車が動き出す。

三分後には、電車は荒川を越えて、北千住駅にすべりこむ。

北千住駅で電車を下りなければ、ストーカー行為には及ばない。森島の自宅は大田区の大森にあるからだ。見合い結婚した森島の女房の実家が資産家で、土地を借りて一戸建を構えている。大森に帰るときは、北千住からふたつ先の西日暮里《にしにっぽり》駅で京浜東北線に乗り換える。

今日は土曜日だし、このまま自宅に帰るだろう。そんなことを思いながら森島をうかがっていた。携帯電話を険しい顔で見つめ、ひっきりなしにキーを押している。メールを打っているのだろう。

間もなく北千住駅に到着し、森島は急いだ様子で電車を下りた。

今日もするのか。

柴崎は落胆しながら、あとにつづいた。

すっかり日の落ちた空のもと、森島はサンロード商店街を早足で進んだ。

美加のアパートの前に着くと、森島はなんのためらいもなく、階段に足をかけた。

柴崎は少なからず緊張した。今日は直接訪ねるつもりなのか。いつもとちがう森島の様子にとまどいながらも、柴崎はスーパーの軒先から様子を見守るしかない。

「おい」

森島が低い声で呼びかけるのが聞こえた。柴崎ははっとした。森島のすぐ先に、黒っぽい影がある。美加の部屋の前だ。森島は少しずつ間合いをつめている。男は少し躊躇《ちゅうちょ》したのち、一目散に反対側の階段へと駆けだした。身のこなしからして若い。

「待て」

森島は男のあとを追いかけて、階段を駆け下りる。そのままの勢いで、二十メートル先を行く男の背中を追って走りだした。

柴崎は予想外の出来事に面食らった。どうするべきか、一瞬、頭の中がまっ白になった。あの男はなんだったのか。

とりあえず、柴崎は森島と若い男が走っていった方向に踏みだした。しかし、すでに遅すぎた。男たちは狭い路地奥へと消えかかっている。

あの男は、美加のボーイフレンドではないか。森島は嫉妬《しっと》に狂い、追いかけた。美加とつきあっている男の存在を許せないのだ。もし、そうだとすれば事態はますます悪化している。

いったんは静まった動悸《どうき》が、ふたたび高まるのを柴崎は感じた。

翌日、柴崎は自宅から助川の官舎に電話を入れて、昨晩目撃したことを話した。

「美加の男か」

「かもしれません。美加と同じ、二十代半ばくらいでした」

助川はくくっ、と笑いを洩《も》らした。

「しかしまぁ、薄情な野郎だな。恋人がストーカーされているというのに、慌《あわ》てて逃げるなんて」

たしかにその通りだ。あの時は森島の剣幕に驚いてそんなことを思う余裕はなかったが、恋人ならば森島に立ち向かってやめさせるのが普通だろう。

「ごく浅い関係という可能性もあります」

「それはいいが、そろそろ一度、あいだに入ってみる必要があるかもしれんな」

「小西美加と会って話を聞くわけですね？」

「大事にいたらぬ前にな」

小西美加がストーカー被害を正式に訴え出ないのは、やはり相手が警官だからだろうと思われた。しかし、ここまで事態が推移した以上、早めに手を打つに越したことはない。森島が美加に直接手を出してしまってからでは遅すぎる。

4

月曜日は柴崎にとって最も重要な曜日だ。その週の仕事の割り当てをはじめとして、署長の秘書役としてスケジュール調整に心を砕かなくてはならない。七時前に出勤して午前中、休みなく稟議《りんぎ》書類に判を押し電話をかけ、署長と打ち合わせをした。ワープロで文書を二枚とりまとめたのち、何事もなかったかのように助川に、午後は所用で出ますと声をかけて署をあとにした。

電車を使って大森まで向かった。公用車を使ってしまえば、また署に戻らなくてはならないし、森島の行確に車は必要なかった。

森島の自宅は京浜急行線の平和島駅とJR大森駅の中間にある。大森駅から森島の自宅に電話をかけた。

数回のコール音ののち、「はい」と男が出る。森島本人だった。柴崎は何も言わずに電話を切った。非番の今日、森島は在宅している。一眼レフと望遠レンズの入ったショルダーバッグの重さがずしりと肩にきた。二十分かけて歩き、森島宅から目と鼻の先にあるピザハウスの窓際《まどぎわ》に腰を落ちつける。

柴崎は本を読むふりをしながら監視を続けた。一時すぎ、三杯目のコーヒーをちびちび舐《な》めていると、森島の家から背の高い男が出てきた。父親似ですらりとした体つきにジーンズが似合っている。息子の知之だ。

小一時間して、知之はコンビニ袋を下げて帰宅した。大学には行かないのだろうか。

しばらくして、森島が肩を怒らせるように、家から出てきた。

ぎすぎすした足どりに妙な胸騒ぎをおぼえた。勘定をすませて店を出る。

森島は格子《こうし》柄《がら》の綿シャツにグレーのスラックス。茶色のローファー。手ぶらで駅に向かっている。

また美加のアパートに行くのだろうか。

駅が近づくと、森島との差は五十メートルまで縮まっていた。

森島は銀行の横にあるビルの一階に入っていった。カラオケやゲームセンターが入居している複合ビルだ。通路の奥にあるエレベーターの戸が閉まるところだった。中にいる森島の横顔がちらりと見えた。

柴崎がエレベーターの前まで行くと、上昇していたランプが三階で止まった。

三階はネットカフェだった。

柴崎は階段で三階まで上がった。

自動扉の向こう側で、個別ブースに向かう森島の後ろ姿が見えた。会員になっているのか、受付を簡単に済ませたようだ。柴崎も店に入った。入店手続をすませて、雑誌コーナーの前に立った。森島の入ったブースが見える位置だ。週刊誌を手にしてブースをうかがう。森島は週刊誌やＤＶＤのたぐいを持って入らなかった。十分近くそうしていた。

森島のいるブースが開いた。柴崎はそれとなく顔を背けた。

森島は狭い通路をゆっくりした足どりでトイレに向かっていった。

受付に人はいなかった。

柴崎は急いで森島のブースに近づいた。ドアに手をかける。ロックされていない。開けた。

森島はパソコンを使っていた。フリーメールのトップページが立ち上がっている。送信済のフォルダを開き、最新の送信済メールを表示させる。心臓が早鐘を打っている。宛先《あてさき》は「小西美加」だった。とうとう見つけた。動かしがたい証拠だ。カメラをかまえ息をとめて写真を撮る。元の画面に戻した。

ドアを閉めて、雑誌コーナーに戻る。雑誌を手にしたとき、通路から森島が現れてブースに入っていった。それだけ確認すると、柴崎は忍び足でネットカフェを後にした。

「うーん。これは……」

さすがの助川も言葉がなかった。柴崎はもう一度、手元の写真に目を落とした。

〝わかっているでしょ？　あなたのことしか頭にないんだから。とっても大切な人、愛《いと》しい人、ぼくのすべてはあなたなんだ。狂ってる？　いいえ、ぼくは正常。逃げても隠れてもだめ。ちゃんと電話に出てくれなきゃ。本当はあなただってぼくと話したいに決まってるんだよね。やせ我慢なんてしちゃ身体に毒だよ。ぼくと会ってくれなかったら、次は先の鋭い刃物を持って行くからね。ぼくのこと、警察に訴えても無駄だってわかってるよね〟

文面と差出人欄にある〝t．morishima〟という文字を交互に見る。

「しかし、ネットカフェでか」助川は言った。「家でやればいいものを」

「自宅ではできない事情があると思います」

「かもしれんな。とにかく、ここまできた以上、ぐずぐずしていられんぞ」

助川の一言で、次にすべきことが決まった。

5

「お忙しいところ、わざわざお越しいただきまして申し訳ありません」

柴崎は目の前に腰をおちつけた小西美加に丁重に切りだした。

「あ……いいえ、こちらこそ」

警官を前にして、美加が少し緊張しているのが柴崎にもわかった。小西美加は白いきれいな歯並びをしていた。とりたてて美人というわけでもないが、鼻筋が通り、人なつこそうな目をしている。土曜日の午後二時。北千住駅前のマルイ一階にある日本茶カフェだ。森島は今頃交番勤務の真っ最中だろう。

あたりさわりのない世間話をしてから、森島による一連のストーカー行為について、切りだした。目撃したことをすべて話すわけにはいかず、想像ですがなどと遠回りをして相手の出方をうかがった。

「……どうも、ありがとうございます。すっかり、ご心配おかけしてしまって」

「いや、それはこちらの言うことです。大変なご迷惑をおかけしてしまい、本当に申し訳ありませんでした」

深々と頭を下げる。

「いえ、そんな、いいんです」

内心、しめたと思った。わざわざこうして出むいたことにより、相手に好印象を与えているようだ。根掘り葉掘り訊《き》くよりも、ここは平身低頭、徹底的に相手に対して誠意を見せるほうが得策かもしれない。

「ご立腹とは存じますが、森島については、今後とも厳しく指導してまいりますので、よろしくお願い致します」

「そうしていただけると、助かります」

「厳重に注意いたしますので。森島という男、本来は優秀な警官ですから、言って聞かせれば十分に反省するはずです。二度とあのような行為に及ばないかと思います。もし……かりにですね、またしでかしたときは、遠慮なくわたしのほうにお電話いただけますでしょうか？」

口頭で伝えた柴崎の携帯の電話番号を自分の携帯に打ちこむ美加の様子を見ながら、柴崎は迷っていた。森島と知り合うようになったいきさつや、現在つきあっている男性のことなど、聞き出したいことは多かった。結局、今後の反省材料にしたいと考えていますがとことわりを入れ、森島のことはどちらでお知りになられましたか、とビジネスライクに訊いてみた。

「えっ……」

美加が一瞬気まずそうに目を伏せた。堂々と言えないような場所で知り合ったのだろうか。夜の仕事についていたという情報はないが、デートクラブ……あるいは法すれすれのきわどい出会い系サイトか。柴崎はあれこれ考えながら美加をじっと見つめた。

「それが、わからないんです。わたしはお会いしたことありません。いきなり電話をかけてこられて……」

やはり「片識」なのか、と思った。森島は、通勤途中の美加を度々見かけ、ひとりでのぼせあがったのだろうか。

席を立つ頃、言い忘れていたとばかり、自然を装《よそお》って口にした。

「被害届のほう……できましたら穏便にすませていただければと……。勝手なお願いで大変恐縮ですが」

美加はこっくりとうなずいた。

「ストーカー行為がやむのでしたら出しません。ご安心なさってください」

柴崎は少しばかり拍子抜けした。あれほど思いつめて警察に連絡してきたはずなのに、こんなものか。

「そうしていただけると、助かります」

「あの、ひとつ聞きたいんですけど」

美加がためらいがちに口を開いた。

「何でしょうか？」

「森島さんは、このことで何か処分を受けるんですか？」

柴崎は再び緊張した。これだけの迷惑を被《こうむ》ったのだからと、明確な処分を求めるつもりなのだろうか。

「そうですね……、今のところは厳重に注意したうえで、本人の素行に充分気を配っていくつもりですが」

美加は柴崎の言葉の意味を測りかねたように、首をかしげている。柴崎は慌てて付け加えた。

「もちろん二度とこのようなことをしないように監視を強化するつもりです」

「クビになったりはしないんですよね？」

「そう……ですね。あくまで厳重に注意して……」

「わかりました」

美加はあっさりとうなずいた。不服そうな様子はどこにもなく、むしろ安心したようにさえ感じられる。美加の真意がつかめなかった。だが、おおごとにしたくないのは被害者であっても同じなのかもしれない。会った甲斐《かい》があった。

被害届を出さないという美加の確約をとりつけて、柴崎はとりあえず胸をなで下ろした。あとは、森島の方をつけるだけでいい。そう思うと、気分が軽くなった。克己の好きなゲームの新作が出ていることを思い出し、五階にあるおもちゃ売り場に上がった。目当ての品物を買い込み、エレベーターに乗り込んだ。

――親馬鹿《おやばか》だな。

受験勉強で忙しい時期なのに、親がこんなものを与えていいものだろうか。いや、息抜きに少しぐらい遊ばせてやってもいいではないか。

柴崎はエレベーターから下りると、急ぎ足で駅に向かった。

6

水曜日の朝、当直明けの森島のあとについた。今日こそ、ストーカー行為の現場を写真におさめるつもりだった。森島は北綾瀬駅から千代田線に乗りこんだ。荒川を渡り、電車が北千住駅にすべりこんだ。扉が開き、ぱらぱらと人がおりる。閉まる扉に関知しないというふうに、森島はすわったままじっとしていた。電車はふたたび都心に向かって走りだした。

今日は美加のアパートにはよらないで、真《ま》っ直《す》ぐ家に帰るらしい。美加はこの時間、仕事に出ているから、アパートにはいないと森島は判断したのだろう。

五分後、電車は森島の乗換駅にあたる西日暮里駅に入った。柴崎は席を立つ準備をした。

どうしたことか、森島は席から離れなかった。するすると扉が閉まり、電車は西日暮里駅をあとにした。

森島が下りたのは、ひとつ先の千駄木駅だった。

柴崎は興奮した。千駄木には小西美加の勤め先があるではないか。

改札口を出て、森島は坂を上った。都銀のATMコーナーで現金を下ろし、坂の途中にあるレストランに入った。店は混みだしていた。

柴崎は用心深く、同じ店の奥まった席についた。アイスコーヒーを注文して、入り口近くにいる森島を盗み見る。

十一時半をまわった頃、スーツ姿の女が森島の正面にすわった。なにげない所作で艶《つや》のあるセミロングの髪をはらうと、透き通るような白いうなじがかいま見えた。小西美加だった。

柴崎は目を見張った。

ストーカーを前にして、美加が恐れをいだいている様子はなかった。ぼそぼそと声をかける森島に対して、腕組みをしながらときおり相づちを打ったり、うなずいたりしている。

森島はといえば、子供ほども年の差のある相手に対して、おどおどしているように見受けられる。あれほどしつこくしていたのが嘘《うそ》のようだ。

つい、昨日まで、ストーカー行為をしていた男と、その被害に遭っていた女。そのふたりが、テーブルをはさんで向かい合い、話をしている。

やがて森島は鞄《かばん》を開け、厚みのある茶封筒を取り出した。美加の方に押しやる。美加はゆっくりと封筒を手にし、無表情でバッグに入れた。

小西美加は、自分と会ったことを森島に電話で伝えたのだろうか。

みずからのストーカー行為が、同じ綾瀬署員に露見してしまったことを知り、尻《しり》に火がついた。もはやこれまでと観念しつつも、醜態が明るみに出るのを恐れた。そして、美加と会う約束を取りつけた。面と向かって謝罪し、金を渡すために。

……そういうことか。

だが、どうも釈然としない。ストーカーと直《じか》に会っているにもかかわらず、今の美加に怯《おび》えている様子は見えない。用心深く、柴崎はふたりを写真に撮った。

それから五分ほどして、美加は店を出ていった。森島もすぐあとにつづいた。

家路についた森島の背中を見送り、署に戻った。助川に報告する。

「詫《わ》びを入れているようでした」

「詫び？　あんな気持ちの悪いメールを送っていたわりには、ずいぶん変わり身が早いことだな」

助川は意外そうにつぶやいた。

「どっちにしても、もう年貢《ねんぐ》の納め時だ。明日、森島を呼んで話を聞こう。充分反省させないと、また同じことをくり返すかもしれん」

わかりました、と答えながら、柴崎はどこかすっきりしない思いで自席に戻った。

7

窓側を背にして森島常夫巡査部長が痩身《そうしん》をたたむようにパイプ椅子《いす》にすわっていた。長机をはさんで助川と望月地域課長、そして柴崎の三人がならんで対峙《たいじ》している。

「この女性、知ってるな？」

柴崎が撮影したレストランにいる二人の写真を見せながら、望月が強い口調で言う。

森島は驚いた様子で三人を見やった。自分が呼び出された理由をようやく悟ったらしい。

望月はさらに続けた。

「写ってるのはおまえだろう。この三カ月間、彼女にずっとつきまとっていた。尾行やいやがらせの電話。我々だって、おまえのしたことは、ちゃんとウラを取ってるんだよ。ほら、これも」

柴崎の作った行確メモだ。森島によるストーカー行為の時間や場所がもれなくしるされている。

森島は押し黙ったまま、うつむいている。

望月は呆《あき》れたように、別の写真を森島に押しつけた。

柴崎がネットカフェで撮影したフリーメールの写真だ。

文面はむろん、差出人の〝t．morishima〟がはっきりと写っている。

「こいつに覚えがあるだろ？ おまえが書いたメールだぞ。まだ、シラを切る気か？」

おや、というような感じで森島は一瞥《いちべつ》をくれたが、相変わらず反応はない。

「なあ、森島巡査部長」助川が慎重に言葉を選びながら言った。「望月さんはな、部内だけでなんとかことを済ませたいと言ってる。我々も同じだ。わかるだろ？ 身内からそうした者を出したくないとか、そういうことじゃない。君のためを思って言ってるんだ。わかってくれないか。どうだ？ 正直に認めて、もうしないと言うのなら、穏便に済ませようじゃないか」

森島は何か言いたげに顔を上げたが、また思い直したようにうつむく。

「森島巡査部長、そう硬くならんでもいいじゃないか」望月が口をはさんだ。「息子さん、大学何年だったっけ？ まだまだ学費もかかるだろう」「……はあ」

森島のこめかみがぴくりと脈を打ったように見えた。

「きみんとこは、うらやましいぞ。お嬢さんは芸術家だし、息子さんだって介護福祉士めざしてがんばってる。家だって持ち家だし、借金もないだろ？　その君がだよ、まさか、こんなことをしてるなんて。奥さんも聞いたら、驚くだけじゃすまないぞ」

そこまで露骨に言うこともなかろうにと思ったが、望月にしてみれば我慢できないのだろう。

「まあまあ、望月課長」助川がひきとった。「なあ、森島巡査部長。今のところ、この件についてはここにいる三人と署長しか知らない。彼女からの電話に出た人間には厳しく箝口令《かんこうれい》をしいてある。ここで認めてくれれば、決して悪いようにはしない。もちろん、ご家族にも報告はしない。どうだろう、認めてくれんか？　相手方についてだが、それはこちらに一任してもらいたい。安心してもらっていい。君も一時の気の迷いだろう。人間、だれだって魔が差すことはある。まだまだ、君には先がある。どうだろう、ここはひとつ、我々にまかせてくれないだろうか？」

助川の吐く言葉は森島に、説得というより、管理職側の自己保身について聞かされているようにとられているかもしれない。しかし、これだけ譲歩しているのだから、ここは折れてほしかった。ひと言、やりました、と言えばすむことなのだ。

森島がふたたび顔を上げる。柴崎には、覚悟を決めたように見えた。

森島が口を開こうとしたそのとき、せわしないノックの音がして、地域課の巡査が顔を見せた。

「森島部長、息子さんが……、息子さんが千駄木駅前で刺されて……」

ガシャンと大きな音が響いた。森島さんがパイプ椅子を蹴って立ち上がっている。顔面蒼白《そうはく》だった。

「刺したのはだれですか？　小西美加という女じゃありませんか？」荒い息を吐きながら森島は大声で巡査に問いかけた。

小西美加が森島の息子を？　いったいなぜだ？　柴崎は混乱しながらも、思考を整理しようとした。

「わかりませんが、若い女だそうです。身柄は確保されています。息子さんは今、病院に搬送されているところです」

困惑した表情で巡査が答えた。助川が森島の肩に手をかけ、「とにかく病院へ行ったほうがいい。だれかに送らせよう」と言いながら部屋の外へと連れ出した。望月もなすすべもなく立ちすくんでいる。

森島の息子、知之が千駄木駅で小西美加に刺された——。

もしかして……。

ふと、柴崎は先日、北千住駅のマルイで小西美加と会った日のことが思い出された。

小西と別れて、おもちゃ売り場に出むいたときのことが。子どもの喜ぶ顔が見たいという一念から、つい、ゲームを買ってしまった自分……。決して、ためにはならぬと思いながらも、買わずにはいられなかった。

そのとき、柴崎の頭の中で、森島に対するまったく別の見方が生まれた。これまで森島を尾行した数々の場面を思い出しながら、柴崎はある仮説がふくらむのを感じた。

しばらくして助川が戻ってきた。

「わけがわからんな、まったく」

そうつぶやく助川に、柴崎は言った。

「副署長、我々の考えていたことは、すべて間違っていたかもしれません――」

8

森島知之の傷は浅く、命に別状はなかった。一週間後、あの日と同じように助川、柴崎、望月の三人が森島を囲んだ。柴崎は遠慮がちに話しだした。

「九月のはじめ頃、小西美加から、あなたにストーカー行為を受けているとの通報を受けて、わたしはあなたを尾行し始めました。たしかにあなたは、小西美加のアパートに毎日のように出向いては、ずっと彼女の部屋を見張っていた。勤務後の疲れた身体《からだ》でよくもここまで、と正直呆れていました。けれど、あなたが見張っていたのは小西美加ではなかった。そうですよね？」

森島はうなだれたまま、何も答えない。

「小西美加をストーカーしていたのはあなたではなく、息子さんだった……」柴崎はようやく口にした。「このメールは、息子さんが小西美加に送ったものではないですか？」

柴崎は、ネットカフェで撮影したメールの写真をあらためて森島に差し出した。

「あなたの息子さんは、家の近所にあるネットカフェからこのメールを出していたのではないですか？　あなたは、息子さんを尾行するかして、そのことをつかんだ」

〝t．morishima〟――それは、森島常夫ではなく、森島知之を指していたのではないか。

「森島巡査部長、君が話さないのなら、入院中の息子さんに話を聞きに行ってもいいんだ。だが、傷を負っている息子さんが警察から訊問《じんもん》されるのは気の毒だろう。いいかげん、ぜんぶ話したらどうだ」

助川が硬い口調で言った。写真を手にとりながら、森島はぽつりと話しだした。

「……息子は今年の初め、大手町のコンビニでアルバイトを始めました。そこで小西美加さんと知り合ったんです……」

美加を好きになった知之は、最初こそ控えめに自分の気持ちを伝えていたものの、美加が素っ気無い態度であしらうと、無言電話やいたずらメールをくり返すようになったという。怯えた美加はコンビニを辞めて、千駄木に職場を変えた。

「いつ頃、息子さんのストーカー行為に気づいたんですか?」

柴崎は尋ねた。

「七月です」

「森島さんが気づいたんですか?」

「いえ、最初に気づいたのは家内でした。息子の部屋に掃除に入ったら、パソコンがつけっぱなしになっていて、画面に映っていたメールが目にとまったそうです……」

「思わず奥さんは内容を見てしまったわけか……」

「はい……その晩、家内から相談されました」

メールの内容を訊《き》くと、森島は一語ずつ、思い出すように話した。

〝昨日は十一時に家に帰ったよね。遅くまで何してたの?〟

〝今日は重そうな荷物を持ってたね。買い物したのかな〟

知之が美加の行動をすべて監視しているかのような内容だ。

「わたしも、息子の留守中にメールを見ました」森島はつぶやくように言った。「メールのパスワードはパソコンに記憶されていて、簡単に見ることができて……家内の言った通りでした。ほとんど毎日、彼女の行動を事細かに送りつけていました」

ようやく、柴崎は成りゆきを理解した。

それで、森島は息子を尾行し、事実を確認しようと決めた。息子は思った通り、美加のアパートの前に佇《たたず》み、彼女の帰りをじっと待っていたのだ。

「おまえのしていることは犯罪だ、と息子を諭しました。一度は反省した様子で、もうしない、と約束したのですが……」

森島は消え入りそうな声で言った。

「やめなかったのですね」

「それどころか、彼女の郵便物を盗んで勝手に開けたり、あいつの行動はエスカレートするばかりでした。パソコンを没収しましたが、今度は家の近所のネットカフェからメールを出すようになって……恥ずかしい話、このネットカフェも息子のあとをつけて知りました。警察の名を持ちだして、森島知之が行ったらただちに知らせるようにしておきました。知之が使ったフリーメールのアドレスも、消さないでおくよう指示しておきました。息子は不用心で、ほかにも色々なサイトを見たりして、みずからログアウトすることを忘れるときがありました……むろん、店側には自分の息子だと教えてはいません」

柴崎は森島の自宅を張り込んでいた日のことを思い出した。あの日、知之が帰宅すると、森島は息子のストーカー行為を確認するために、家を出てネットカフェに出むいた。メールを目の当《ま》たりにして、愕然《がくぜん》としたことだろう……。

森島は、心配になってときどき息子の携帯を盗み見た。そこで見て知った小西美加の携帯に電話をせずにはいられなかったという。息子が大学に行っている間、何度となく美加のアパートを訪ねて、携帯で会話をした。

九月第二週のあの雨の日、ふたりがそうやって会話をかわしている場面に柴崎は遭遇したのだ。

森島は息子のストーカー行為を必ず止《や》めさせるから、と何度も謝罪に出向いたという。美加も一度は納得したものの、息子の行為は一向におさまらなかった。

「それで通報してきたんだな」助川は言った。

息子のストーカー行為を止められない森島に対して、美加は、事件を未然に防ぐためにアパートを見張るよう要求した。そのうちに、知之が家に押しかけることはなくなったという。

「でも、それも長続きはしなかったんです。隙《すき》をついてまたもや小西さんのアパートに押しかけました」

森島は、知之が家の前に来ていると美加から知らせを受けて、慌《あわ》てて美加のアパートへ向かった。柴崎が美加の恋人だと勘違いした若い男は、知之だったのだ。

「なぜ、止められなかったんです。もっと厳しく言えば息子さんだって……」

柴崎は疑問に思わずにいられなかった。自分の息子さえ正せない人間に、警官でいる資格があるだろうか。

「情けない親です。警官としても失格だと重々承知しています。でも……」森島は情けなさで一杯のような顔で続けた。「小西さんを好きになってからの知之は異常だったんです。大学の勉強が思うようにいかないこともあったのかもしれません。どんどん精神のバランスを崩していってしまって……わたしも、家内も、どうにもできなかった……」

森島は最後を絞り出すようにいった。柴崎は、ネットカフェで見たメールの中身を思い出した。たしかに常軌を逸していた。

森島を驚かせたのはそれだけではなかった。

「でもなぜ、美加は森島巡査部長がストーカーだと嘘《うそ》をついたんでしょう？」柴崎はかねてからの疑問を口にした。

「わかりません。でも」森島は続けた。「わたしを強請《ゆす》ることを考え始めていたのかもしれません。息子ではなく、わたしがストーカーだと偽ることで、わたしにプレッシャーをかけるつもりで……」

知之の執拗《しつよう》なストーカー行為に最初は怯《おび》えきっていた美加の様子は、徐々に変わっていった。一向にやまないストーカー行為にしびれをきらし、小西は森島を激しく責め立てるようになったという。

「ある日、彼女は被害届を出さないでいるかわりに、慰謝料を欲しいといってきました」

「いくらだ」助川がそっけなく聞く。

「二百万」

「肝の据わった女だな」

「小西さんは仕事が長続きするタイプじゃなかったようです。コンビニのアルバイトの前にもいくつも職場を変わっています。金に困っていたのかもしれません」

「最初はストーカーを恐れていたものの、警官である父親の存在に安心したら、今度は欲が出てきたのでしょう」

ファミリーレストランで森島から金を受け取った美加の顔を思い浮かべながら、柴崎は言った。

だが、父親の監視の目に、知之は遂《つい》にフラストレーションを爆発させた。あの日、思い詰めた知之は、小西美加の勤務先で待ち伏せをした。なぜ自分の気持ちを受け入れないのだと激昂《げっこう》する知之に向かって、美加は父親から慰謝料を受け取ったことを告げたという。

——これ以上つきまとったら、あんたもあんたのお父さんもただじゃ済まないわよ。

——お父さんの上司だって、このことを知ってるんだから。

逆上した知之は持っていたナイフを美加に振りかざした。二人は揉《も》み合《あ》いになったが、知之が倒れたはずみで、美加がナイフを刺す形になってしまった。それが、傷害事件の真相だった。

「森島巡査部長」助川が言った。「われわれにもできることはあったはずだ。どうして、正直に打ち明けてくれなかったのかね？」

「……言えますか？」森島は青ざめた顔で言った。「息子が言うことを聞かず、犯罪行為を平然と続けている。その上、被害者の女性にまで舐《な》められて、金を要求されているなんて」

助川は腕を組み、口元をゆがめて窓のほうを見やった。

柴崎も返答に窮した。

「傷ついているのは僕のほうだ、侮辱罪で相手を訴えてやるというのが知之の口癖でした。かと思えば、ちゃんと家に帰っているか心配だから、などといって彼女のアパートに押しかけ、いやがらせのメールを送りつける。小西さんのアパートに張り込むことしかできなくて、ひどい無力感に苛《さいな》まれました。こんな恥ずかしいことなど……話せると思いますか？」

部屋を出ると、柴崎は恐る恐る助川に尋ねた。

「美加はどうなりますかね」

「過失傷害で、不起訴にできるだろう。なるたけのことはする。警官の息子がストーカーなんてマスコミの格好の餌食《えじき》だ。美加にもよく言い含めて、あくまで痴話喧嘩《ちわげんか》ってことにしないとな。おまえの出番だよ」

「はっ？」

「美加の口止めだ。当たり前だろう」

治安維持と犯罪捜査。それが警官に与えられた使命だ。ひとりひとりが、その重責を背負わされている。警察という組織から、一点の不始末も外へ洩《も》らしてはならない。ましてや、自分の所属する署の警官の息子が、若い女性にストーカー行為をはたらき、挙句に相手を刺そうとしたなど、あってはならないことだ。そのあってはならないことが、起きてしまった。どうすれば、事態を最小限に抑えこめるだろうか。柴崎は胃の中に石を落としこまれたような重苦しさを感じた。

つい先日、喫茶店で相まみえた小西美加の顔がよみがえる。あのとき美加には、それなりの打算があった。裏ではストーカーの父親を脅して、金を巻き上げていた。だからこそ、森島がクビにならないかと心配していたのだ。大事な金づるが、用をなさなくなるのを恐れたのだろう。突くとしたらそこしかない。

美加が森島から金を受け取ったことを警察も知っているのだ、とちらつかせながらも、美加に同情してみせる。

頃合いを見計らって、森島親子を厳しく指導していく、と約束し、ストーカーの件は伏せてもらえるよう美加を説き伏せなければならない。

駆け引きと交渉。それが、自分に与えられた使命だ。

不祥事を、不祥事のまま放置しておくわけにはいかない。その前に、組織防衛は何よりも優先させなくてはならない。それが警務課長代理としての、自分の職務だ。これから、そのための勝負がはじまるのだ。

柴崎は足早に警務課へ戻った。

内通者

1

西新宿。高層ビルの最上階から見る東京の景色は、どんよりと霞《かすみ》がかかっていた。柴崎は腕時計を見た。午後二時五分。約束の時間をまわっている。冷めた緑茶を口に運ぼうとしたとき、襖《ふすま》が開いて紺のブレザーを着た男が入ってきた。自分が個室に招かれるのは当然といった物腰で、男は柴崎の前にあぐらをかいてすわった。

「お久しぶりです」

男は言うと、くぼんだ小さな目を神経質そうに動かして部屋を物色した。小松川署交通課課長代理の石岡稔四十二歳。三カ月前、柴崎は警視総監直属の本庁総務部企画課企画係長の椅子《いす》を追われて、綾瀬署に左遷《させん》された。当時、部下だった木戸和彦巡査部長の拳銃《けんじゅう》自殺の責任を負わされたのだ。その発端を作ったのが目の前にいる石岡にほかならなかった。

仲居が来て注文をとり、部屋を出て行くまで、柴崎は相手と口をきかなかった。

「お忙しいところ、わざわざすみませんでした」じれたように石岡が口にするまで、柴崎は押し黙ったままでいた。

「こちらこそ、なかなか会える機会がなくて」柴崎はようやく口を開いた。

「夕べも族の連中が遅くまで暴れまくりで。川向こうに追っ払うのに夜中までかかっちゃって」

江戸川を越えて追い出せば、千葉県警のテリトリーだ。小松川署にしてみれば、厄介払いになる。

柴崎が答えないでいると、石岡は場をとりなすように、

「その後、いかがですか？」

と訊《き》いてきた。

いかがもへったくれもなかった。貴重な土曜日、本来なら、本庁の幹部と埼玉あたりのゴルフ場にくり出している。なのに……。

私怨《しえん》が元のこざかしい謀計《ぼうけい》に自分を巻き込んだ石岡という男に、あらためて怒りがこみ上げてきた。こんな男と会うためにわざわざ、高い金を払って席を設けること自体、柴崎にとっては屈辱だった。

「石岡さん、今日は何用ですか？」柴崎はぶすりと言い放った。

機嫌を察したらしく、石岡はあわてて、セカンドバッグから封筒をとりだし柴崎の前にすべらせてきた。

柴崎はそれをすくいあげると、中身を引き抜いて見た。

薄暗い写真だ。玄関引き戸の上に小さな明かりがともり、背広姿の男がふたり写っている。右手の男は背をむけているので顔がわからない。左側の男はこちら向きだ。明かりが、生白い顔を浮かび上がらせている。丁寧にとかしこんだ銀髪に黒縁のメガネ。下腹が出っ張っている。

まじまじと見入った。

……これは。

細面の顔に似合わず、鼻の線がぽってりと丸い。その下にある分厚い唇。

「副総監」

柴崎が洩《も》らすと、石岡は唇を噛《か》んでうなずいた。

「赤坂の千鶴《ちづる》です」

千鶴といえば、代々、本庁総務部が使ってきた料亭だ。

「背中を向けている男、見覚えありませんか？」続けて石岡は言った。

柴崎は石岡の顔をまじまじと見つめた。「中田か？」

石岡の小さな目が横に伸びた。唇の端に微笑が浮かぶ。

「ご明察」

中田は総務部企画課長。名前は政則《まさのり》。

夏の間、中田の顔を忘れた日は一度としてなかった。柴崎ひとりに全責任を押しつけ、のうのうと企画課長の地位にしがみついている。

不倶《ふぐ》戴天《たいてん》の敵だ。

「この写真、石岡さんが？」

「ほかにないじゃないですか。苦労しましたよ。何日、張り込んだと思います？」

柴崎は、石岡のたくらみから木戸和彦巡査部長が拳銃自殺に至ったからくりを知っている。その証拠をにぎっていると見せかけ、いつでも表に出せるとも石岡本人に伝えた。公《おおやけ》になれば、免職はおろか、脅迫罪で起訴されかねないと石岡は思っている。それをしない代わりに、中田の情報を集めろと柴崎は石岡に言い渡していた。

その見返りがようやく、こうして届けられた。石岡なりに、必死でネタを集めていたにちがいない。しかし、いまここで苦労話など、柴崎は聞く耳を持たない。

問題はふたりが密会して、話し合われた中身だ。

副総監室と企画課は本庁十一階でとなりあっている。用があれば、企画課長が副総監室に出むいて話せば済むことだ。こっそり料亭で会うなど、ただごとではない。あるとすればひとつ。……袖《そで》の下《した》。

柴崎の脳裏に、その場面が浮かんだ。

床の間を背にした席に、副総監がゆったりと腰を下ろす。そのとき、座布団《ざぶとん》の下にはさまれたものに気づき、そっと手を入れてとりだす。白い封筒だ。中には手の切れそうな現金がびっしりとつまっている……。

副総監の宮下友英《みやしたともひで》は、五十五歳。前任は警察庁長官官房副長官。若い頃から、警視庁と警察庁の間を往復している警察官僚だ。着任以来二年間、警視庁の人事を陰で牛耳っている。中田よりもふたつ年下だが、中田が若い頃から旧知の間柄だ。

柴崎は石岡の顔をにらみつけた。

「で、会談の中身は？」

石岡はいまさら何を、と言わんばかりに顔をしかめた。

「それは柴崎さん、あなたのほうがご存知じゃないですか……」

「金を握らせている？」

「そんな噂《うわさ》は前々からありましたよ。なんせ、一巡査から企画課長まで、はい上がった人ですからね。並みのことでは、おっつかないと思いませんか」

やはり、石岡もそう踏んでいるようだ。

しかし、憶測だけではだめだ。裏づけが欲しい。

「女将《おかみ》から話を聞けたか？」

「とんでもない。こんな店の敷居をまたいだことなどありませんよ。柴崎さんこそ、心当たりは？」

柴崎は答えず、写真に目を落とした。

残念ながら、招かれるどころか、自分で使ったことも、一度もなかった。一係長の身分で出入りできる店ではない。

「仲間うちが言うにはですね」石岡が続ける。「中田さんは、ここ数年、羽振りがいいらしくて」

「遊んでいるということ？」

「いえ、企画課長となると、次のポストは常識的に考えれば方面本部長あたりじゃないですか。それがですね、中田さんから一足飛びに頭を狙《ねら》うとかって聞いたのがいましてね」

一足飛びに頭を？　ノンキャリアがトップになれるポストは限られている。地域部長……いや、ひょっとしたら生活安全部長か。むしろ、そちら狙いだろう。最近の生活安全部は警視庁の中でも、もっとも旨味《うまみ》のある権益をにぎっている。そのトップに登りつめれば、退官後も引く手あまた。天下り先はよりどりみどりだ。むこう五年間は、現役時代よりずっと多い報酬を得られる。中田は企画課長職にあるが、総務部参事官も兼任している。民間で言えば次長ポストだ。一足飛びに生活安全部長も、やってやれないことはない。ただし、しっかりとした後ろ盾がいる。

宮下副総監ならぴったりだ。千鶴でわたした賄賂《わいろ》は五十……百万はかたい。いや、もっとかもしれない。それくらいの金で生活安全部長の椅子を射止めることができれば、安い買い物だ。

仲居がやってきた。ツマの刺身と石岡の前に冷えた吟醸酒のグラスを置く。柴崎は瓶ビールを手酌した。

仲居が出ていくと柴崎は、

「悪いが石岡さん、これは返させてもらう」

と写真を相手側に押しやった。

石岡はおやという顔つきで、吟醸酒のグラスを口元から離した。

「いいんですか？」

「いまさら、こんな写真を見せられても、どうにもならない」

「そう言われたら身もふたもないな」

柴崎は相手方の出方をうかがった。

「あの方、結婚が遅くて、次男坊が今年、ようやく大学に入ったばかりなんです」

そう言うと、石岡は都内にある私立大学の理系学部の名前を上げた。

私大ランキングではトップクラス。学費がべらぼうに高いことで有名だ。

「それにですね、去年、杉並にある家を改築してます。改築といっても、ほとんど新築ですよ。建坪五十坪ですから、どう見積もっても、四千万はいくだろうし」

「退職金で支払う算段じゃないかな」

「いえ、土地のローンが千万単位で残っているはずなんですよ。世田谷署にいたとき、ぼやきまくってましたからね」

妙だ。企画課長とはいえ、手取りで年収一千万強。土地のローンも払いきらないうちに家を新築するなど、普通では考えられない。

「あんがい、奥さんのほうが資産家だったりしませんか」

「ありえませんよ。奥さんは巣鴨の下町出身で、代々借家暮らし。中田さんも茨城《いばらき》出身ですけど、実家は長兄が継いでいます。中田さんご自身への遺産は微々たるものです」

柴崎はしばらく考え込んだ。

千鶴で中田が賄賂を渡したとしよう。額を百万円とするなら、借金を抱える身で、簡単に用意できる金ではない。金の性質からして、警視庁共済組合から借りることなど論外だ。いったい、金の出所はどこなのだ。

まさか……裏金。

警視庁総務部は捜査とは無関係だから、国費の捜査費や都費の捜査報償費はまわってこない。裏金を作るとすれば旅費だろうか。カラ出張で、金を捻出《ねんしゅつ》するのだ。もしくは、業者への預かり金。あらかじめ、一定額を上乗せした金額を業者に支払い、商品券などでキックバックさせるのだ。両方とも最近はチェックが厳しくなり、簡単に作れるものではないが、しかし、と柴崎は思った。あの中田のことだ。管理部門のノンキャリ最高位にある企画課長までのしあがってきた。なにがしかの金づるを持っていると踏んで間違いないだろう。いったい、それは何か。調べてみる価値はありそうだ。

義父の山路直武の顔が浮かんだ。彼も新宿署の署長から、最後は第七方面本部本部長にまで登りつめたノンキャリア警官だ。山路にそれとなく訊いてみるのもいいかもしれない。

2

月曜日午後三時。柴崎は私服に着替え、車で綾瀬署を出た。

五分ほど走らせた。綾瀬駅の駅舎が見えてくる。手前に東京武道館の建物があり、東隣に八階建てのずんぐりしたビルがある。吉岡《よしおか》記念病院だ。その駐車場に車をとめて、正面玄関から院内に入った。

一階総合受付前のロビーは、診察を待つ患者で埋まっていた。病床数三百の中堅クラスで、内科から外科、小児科、そして産科まで一通りの診療科が整っている。山路が再就職先にこの病院を選んだのは、現役の頃から懇意にしていた病院の理事長に請《こ》われて、という理由らしかった。自宅がある北区の滝野川から近いこともあったという。とはいえ、山路ほどの人間が天下る先としては似つかわしくない。

柴崎は受付カウンターで、総務部長の山路さんをお願いしますと申し出た。しばらくして、グレーの背広を着た肩の張った男がやってきた。短く白髪を刈り込んだ頭の下、白黒はっきりした強い目が柴崎をとらえていた。

「だれかと思ったら、令司君か」山路が言った。「珍しいじゃないか」

太いよく通る声だ。

「すみません、突然お邪魔して」

山路は柴崎の服に目をとめた。「今日は非番か？」

「いえ、少しご相談したいことができまして。いま、よろしいですか？」

「かまわん、かまわん。さあ、中へ」

義父のあとをついて、総務部長室に入った。

簡素な部屋だ。スチール机の脇《わき》に、四人がけの応接セットがワンセットあるだけだ。すりガラスのドアのむこうで、人が行き来するのが見える。

椅子《いす》に腰を落ち着けると、柴崎はもう一度、不意の訪問をわびた。

「そんな遠慮するなよ、うちは綾瀬署の管轄《かんかつ》にあることだし、できることならなんでも相談に乗るから」

「ありがとうございます」

「ここで会うのは、はじめてだったな」

「そうですね」

「どうだ、令司君、所轄の警務は。物足りんか？」

「はあ……まあ」

「本部の企画課にいた人間が来るような場所じゃないな。しかし、本部の発令に逆らってもどうにもならんからな。いつかも言ったが、ここは気落ちせずにしっかり勤め上げることだ。腐っちゃいかんぞ。そのうち、また陽は当たるから」

激励の言葉を聞きながら、柴崎は、目の前にいる男が警視庁の方面本部長に登り詰めたことを漠然と考えた。客が来ても、お茶ひとつ出ないような医療現場に再就職したのは、何か理由があってのことなのだろう。本来なら一部上場企業の顧問室で新聞でも読みながら、相談事に応じている身分なのだ。

「どうかしたか？」

「お義父《とう》さんは、こちらの理事長さんとは、現役時代からのお付き合いだったそうですね」

「西新井署の副署長をしていたときからだから、もう十年になるな」

西新井署は綾瀬署の隣接署だ。綾瀬署よりも規模が大きい。西新井署もこの病院を使っているのだ。

「病院内で患者が医者にからんで暴力をふるったり、盗みを働いたりするので相談に乗っていらっしゃったということでしたよね。そのつながりで、こちらに再就職されたわけですか？」

「それもあるが、今井組の組長の件、覚えてないか？」

「今井組？」

「当時、西新井署の管内で事務所をかまえていた組だ。ほら、その組長がここで撃たれただろ。前に言わなかったか？」

「ああ、ありました。あのときの……」

思い出した。この病院の一階待合所で、敵対していた組の鉄砲玉に射殺された事件だ。

「暴力団がらみの相談を受けていたというようなことを仰《おっしゃ》ってましたよね」

「どんな人間でも診療を拒んではならない。医師法の定めだ。ただし、相手が脅したり暴力をふるったときは、すぐ警察に通報するように指導していた。その矢先の出来事だったからな」

「それで、こちらに」

義理がたい山路のことだ。懇請を断り切れなかったのだろう。

「一年ほど勤めて、本部から打診されていた会社の顧問に移ろうとしたけど、ついつい引き留められてさ。ここにきてわかったけど、セキュリティが大甘だしな。理事長は渋っていたが、けっこう、そっち方面じゃ金をかけて整備したぞ。お宅の署にも相談して、安全対策マニュアルを作ったりしてるし。また、そっちはよろしく頼むよ」

「おまかせください。ところで、少しお伺いしたいことができまして……」

柴崎はあたりをはばかるように小声で話した。

ずばり、警視庁総務部内での裏金の作り方だ。柴崎自身、会計課に籍をおいていたから、多少のウラ手当の捻出方法は知っているが、幹部ではなかったから、いまひとつわからない。山路が現役だった頃はどうだったか。

「署長を二カ所もやれば、家が建つなんて……はるか昔のおとぎ話だぞ」山路は低い声で言った。「総務部か……。公安みたいに、わんさか金があって、使い道も明らかにしなくていい部署とは根本からちがうしな」

「捜査費の流用もできませんし」

「そうだな。旅費あたりをちまちまとやるしかない。預かり金で、業者からキックバックさせるのもあるが、いまどき、どうだろうな」

「内部通報の恐れがあります」

「そうだろうな。あとは個人的なつながりだな。友の会の会費なんかどうだ？」

警察官の個人的な親睦《しんぼく》団体だ。

「それもあるかと思いますが、額が少ないでしょうし、裏金としてはむずかしいかと」

柴崎は用意していた紙を山路に渡した。企画課長の中田の経歴を記したものだ。むろん、中田の個人名や異動時期などの詳細は省いてあるが、中田の経歴であることに気づかれてしまうかもしれない。

山路はひととおり目を通すと、いぶかしげな顔で柴崎を見た。

柴崎は沈黙するしかなかった。

だが山路は、ふたたび紙に目を落とし、だれの経歴なのかを訊《き》くこともなく、紙の一点を指さした。

「前前任は、警察学校副校長か……」

中田は二年間、警視庁警察学校の副校長をしていたことがある。

山路が暗黙のうちに示唆《しさ》したことに、柴崎も思い当たった。

警察学校は独自の予算を持っている。校舎やグラウンド、常時数千人が寝泊まりする寮。ちょっとした学園だ。数十億単位の金が、毎年動く。一線と比べて監査も甘いと聞く。ひょっとすると、この中に裏金の原資があったのではないか。それをいまだに引き継いでいる。あるいは、そのときに小金を貯《た》め込《こ》んだ……。副校長は、ヤミ手当をはじめとする、あらゆる金をあずかる立場にある。

警察学校と聞いて、思い当たる人間がすぐ頭に浮かんだ。副署長の助川だ。

柴崎は紙をバッグにしまい込み、息子の克己の話題に切り替えた。

山路は孫となると、かわいくて仕方ないらしく、相好《そうごう》をくずして柴崎の話に聞き入った。山路は、メモの経歴の持ち主の名を、最後まで聞こうとはしなかった。

宿直明けの木曜日、柴崎は北千住駅で上りの東武伊勢崎線に乗り換えた。四つ目の東向島駅で降りて、線路沿いに北へ向かった。下町然とした町並みだ。狭い通りにオフィスビルは少なく、個人住宅が軒を並べている。古い木造の二階屋にかかげられた表札を見た。関口《せきぐち》とある。

玄関の呼び鈴を押すと、中でチャイムが鳴る音が聞こえた。

引き戸が内側から開き、白髪を七三分けにした老人が顔をのぞかせた。

「柴崎さん？」

「はい、ご紹介いただきました柴崎です」

「さあ、どうぞ」

玄関脇の一段低くなっている応接間に通された。硬そうな革張りソファーに腰を落ち着けると、主人がみずからお茶を運んできた。

「家内が留守してるので、お構いできませんよ」

と言って、お茶の入った湯飲みをガラス製のテーブルに置いた。

「助川君はどう？　電話じゃ元気そうだったけど」

「あっ、はい、副署長にはたいへんにお世話になっておりまして」

今日も、こうして警察学校の関係者を紹介してくれたのだ。

関口史男《ふみお》は警視庁を七年前に退官した元警官だ。柴崎と似た経歴で刑事畑の経験は少なく、現役時代のほとんどを警務部門ですごした。なかでも、警察学校には通算で二十年近く勤務していた。助川が教官として学校にいたときも、庶務課長として勤務していた。それが縁で紹介してもらったのだ。

「柴崎さんは何年の卒業？」

「十三年前です」

「中野の学校を出た口だね？」

「そうです」

「寮も校舎も古かっただろ？」

「ええ、ひどかったですね」

しばらく、助川の教場を話の種にした。警部補任用教養のときのだ。柴崎が劣等生だったことを告白すると、関口は腹を抱えるように笑い出した。

「助川君は変わり種だったからねえ」うち解けたふうに関口は言った。「教科書はいっさいなしで、体験談だけで座をつなげるから」

「仰るとおりでした。ところで、関口さんは、いま、どちらかにお勤めはしていらっしゃいますか？」

「おととしまで、近くのちっぽけな金融関係で働いていましたけどね。もう、年齢《とし》で足を洗いましたよ。それで、今日はまたなんです？　学校のことで何か知りたいとか」

「はい、少し、ほかでもないのですが……関口さんが退職されたのは、警察学校が府中に移ったあとでしたか？」

「ええ。一年、いさせてもらいましたよ。中野に比べると、だだっ広くて、落ち着きませんでしたけどね」

警視庁の警察学校は二〇〇〇年まで、中央線の中野駅の北側に、警察庁が所管する警察大学校と隣接して建っていた。翌二〇〇一年、警察大学校とともに府中に移った。

「その頃のことで、財務関係のことをお聞かせ願えないかと思って伺ったのですが……」

「何だろうね」

関口はいぶかしげな顔で柴崎を見た。

「どこの部署でも、予算の執行には苦労がつきものです。金を一時的にプールしたり、科目を入れ替えたりして、経理上のつじつまを合わせて、一定の金額を捻出《ねんしゅつ》するのは、やむをえない側面があります。そのあたり、学校ともなると、かなりむずかしい面があるのではなかろうかと思うのですが……」

「裏金のことかね？」

「端的に申せば、そうなるかと」

関口はつかのま、顔をこわばらせたが、現役を終えてそれなりの年月が経《た》っているためか、さほど深刻そうなそぶりも見せなかった。

「まあ、本庁と比べれば、パイは少ないけど、そこそこ自由にできる金はあったね」

とっかかりが得られたような気がしたが、それを顔に出さないように努めた。

「やはり、出入りしている業者とからんで？」

「それもあったし、庁舎管理費の一部を別建てで使ってみたりね」

そのあたりをすべて、目の前にいる男が取りしきっていたのだろう。中田が警察学校の副校長をしていたのは、二〇〇一年から二〇〇二年の二年間だ。関口は中田の下で、あるいは、中田を補佐する形で、そうした会計上の工作をしていたはずだ。しかし、中田の名前だけは口が裂けても言えない。

「本庁や所轄とは、まったくちがう金の出し入れがあったということですね？」

「それは言えるかな」

「総括されるのは、やはり校長レベルですか？」

「そのあたりだな」

おそらく、副校長がその任にあたっている。所轄署でも、金はすべて副署長がにぎっているのだ。警察学校でも同じだろう。

「昔から、正式な帳簿にはない、かなり大きな金の出入りがあったというように聞いているんですが、どうでしょう？」

「柴崎さん、それってあなたの業務に関係しているの？」

いちばん痛いところをつかれて、柴崎は身を引いた。「……いえ、特にはないですが」

「もしかして、福祉協会がらみ？」

福祉協会？　いったい、なんのことだろう。

「福祉協会と言いますと……？」

ついロを滑らせたとばかり、関口は口をつぐんだ。

ここは一気に攻め落とすときだと柴崎は感じた。

「あの、ほかでもありません。これは事件とかそういうことではなく、また、だれかを訴えようとか、そうしたことでもありません。ただ、少しばかり知る必要ができたので、こうして訪ねさせていただきました。関口さんにご迷惑のかかるようなことではありません」

「……あなた、監察の仕事でもしてるの？」

「いえ、誓ってちがいます。今日、こうしてお訪ねしたことはだれにも申しません。助川さんにも念を押しておきます。ご存知のことがありましたら、人助けだと思って是非」

「そう言われてもねえ」

柴崎は観念した。退職して何年もたち、警察とは無縁なところで生きているにせよ、現役時代の汚点について、あれこれほじくられても、簡単に答えることはできないだろう。死んで墓場まで持っていくネタも多いのだ、警察官という職業は。

柴崎は非礼をわびて、お茶を飲み干した。

ソファーから立ち上がり、頭を深く下げた。やはり、義父にもう一肌脱いでもらうしかない。場合によっては、つかんでいる情報を話してもいい。窮地に陥っている義理の息子の頼みなら、力になってくれるはずだ。玄関で靴を履いていると、関口は、

「引っ越す前は、都心にあれだけの土地をかまえていたからね。いろいろとあったようだよ」

と思わせぶりなことをつぶやいた。

……土地？

「そうでしょうね」

「自動車練習所おぼえてる？」

「ええ……まあ」

うっすらと記憶にある。警察学校の敷地に、街中で見かける自動車教習所のコースと似たものがあった。

「あのまわりに、はみ出たところなんかもあったでしょ？」

言っている意味がつかめない。

「野方《のがた》の笹岡《ささおか》不動産、一度、訪ねてみてはどう？」

関口はそれだけ言うと、これで済んだろうとばかり目をそらして引き戸を閉めた。

中田には裏金疑惑がある。中野にあった旧警視庁警察学校の土地がらみで、なんらかの裏金を懐《ふところ》にしている可能性が高いと思われた。その事実をつきとめて、中田本人に当て、本庁復帰の人事を強要する。柴崎が本庁へ復帰するには、それしか方法がないだろうと思われた。

不祥事の責任をひとり負わされ綾瀬署に左遷《させん》されて早三カ月。来年早々にも、恒例の人事異動がある。今頃、本庁十一階にある人事一課では、粛々と二月の異動発表にむけた地ならしが進んでいることだろう。このまま所轄署《しよかつしよ》で干されていたら、瞬《またた》く間《ま》に後進に追い抜かれていくのは目に見えている。

3

土曜日の朝一で、柴崎は中野駅に降り立った。笹岡不動産は中野通りのすぐ先、新井の交差点の裏手にあった。若い女の事務員に社長の笹岡を呼び出してもらった。衝《つい》立《たて》の向こう側から、頭の禿《は》げあがった六十すぎくらいの男が姿を見せた。柴崎が警察手帳を見せると、奥にある社長室に通された。

笹岡はことさら警戒する様子もなかった。警察関係者と頻繁に会っていたのだろう。柴崎が警察学校のことについて尋ねると、笹岡は慣れた感じで、移転後の土地利用についてしゃべりだした。

「なんせ、十四ヘクタールの空き地ができたんですからね。都や区が清掃工場を建設するって話は知ってましたか？」

「たしか、住民の反対でやめになったんですよね」

「区長会でね。そのあと、周辺の二十ヘクタールまで網をかぶせて、区役所はおろか、大学まで建設するっていう話になっちゃいましてね。ところで、今日はどんなご用事で？」

人なつこそうに言われて、柴崎は、〝福祉協会〟のからんだ土地取引について訊《き》いてみた。

「福祉協会って、どこのですか？」

「いえ、それはどこというのではなくて……」

「区の福祉協会？　それとも、都のほう？　いろいろありますからねえ」

「とりあえず、福祉協会の名を冠した土地取引がありましたら、教えていただけると助かるのですが……」

「そう仰《おつしや》られても、ちょっと、どうかなあ」笹岡は禿げた頭に手をあてて、首をひねった。

結局、数枚の住宅地図のコピーをもらいうけただけで、柴崎は店を出るしかなかった。その地図にあるあたりを目指して歩いた。早稲田《わせだ》通りを西に向かった。野方警察署の前を通りすぎ、東京警察病院の真新しいビルの前をさらに進む。

左手にがらんとした空き地が広がっている。このあたりが、警察学校の正面玄関だったか。昔の面影はまったくない。警察庁中野送信所の高い鉄塔があったはずだが、それもなくなっている。法務局の角を左に折れて南へ足を向けた。

かつて、自分が在籍していた頃の地理を頭に描いた。関口から言われた自動車練習所は、この先にあったはずだ。

いつのまにか、狭い路地に入っていた。アパートばかりが雑然と並ぶ街並みの角で、柴崎は呆然《ぼうぜん》と立ちつくした。

関口は何を言いたかったのか。まったく見当がつかなかった。

翌週から、休みのたびに、柴崎は中野の法務局へ足を運んだ。警察学校周辺の土地取引の状況を調べるために。手がかりは〝福祉協会〟の一語のみだった。

退職したOBらの親睦《しんぼく》団体で〝警視庁福祉協会〟というものがある。〝福祉協会〟と名のつくものは、それしか思い当たらない。

かつて、柴崎が籍を置いていた本庁会計課の知り合いに、警視庁福祉協会の財産目録について内々で問い合わせてみた。中野にあった旧警視庁警察学校関連の土地の財産目録はなかった。

不動産登記簿謄本《とうほん》を片っ端から取って、調べるしかなかった。作業をはじめて、笹岡不動産の社長から教えられたあたりの土地が恐ろしく広いことがわかった。それでも、やめるわけにはいかなかった。これまで、慶弔以外は取得しなかった有給休暇をこまめに取り、妻の雪乃にはないしょで通った。

関口の言ったことが、嘘《うそ》とは思えなかった。なにも、調べるべき謄本が無限にあるわけではない。信じれば必ず活路は開ける。柴崎はそう自分自身を励ました。

通い出して、二カ月ほどが過ぎた。それらしい取引はまったく見つからなかった。それでも、あきらめることができなかった。見つかるまで、何日かかろうが、通いつづけるつもりだった。

随《ずい》監《かん》

随監

1

宿直室の電話が鳴り、柴崎令司は反射的にふとんから身を起こした。壁時計は午前三時。一時間近く眠っていたようだ。受話器を取ると起番《おきばん》の声が響いた。

「代理、六方面の打ち込みです」

方面本部の随時監察。一気に眠気が吹き飛んだ。

まずい。

この時間帯でも、当直責任者として自席にいなければ、監察の覚えが悪くなる。多摩地区の田舎署ならともかく、柴崎の勤務する綾瀬署は都心に近い中規模署だ。

「すぐ行く」

柴崎はネクタイを締め直し、急いで制服の上着に袖《そで》を通した。

木曜日……いや、日付が変わってもう金曜日だ。ふだんなら、続けざまに事件、事故が発生する時間帯なのに、今夜に限ってひどく少なかった。午前一時すぎまで、警務課課長代理の自席についていたが、セルコールも静かになり、少し休もうと宿直室で身を横たえた。一週間分の疲れが出たのか、あっという間に寝入ってしまったらしい。

自分と同じく床についていた当直員たちを起こして、宿直室を出る。煌々《こうこう》と明かりの灯《とも》った一階ホールを見わたした。三名の起番がいるはずの警務課には、電話をよこした河合《かわい》がいるだけだった。河合はしきりと、地域課の奥を指している。拳銃《けんじゅう》の保管庫だ。

監察官はまず、拳銃の保管状況を調べるのが常だ。綾瀬署管内の複数の交番も同時に監察による〝空爆〟をかけられているにちがいない。

柴崎は保管庫に向かいながら、携帯で副署長官舎に電話を入れる。

七回ほど呼び出し音が鳴り、ようやく助川が出た。

「副署長、柴崎です」

「どうしたぁ？」

寝起きの低い声が伝わってきた。

「方面本部の随時監察が入りました」

「…………」

「副署長、打ち込み……」

柴崎の言葉を打ち消すように、助川の声がつづいた。「ズイカンだと……ばっか野郎、人がぐっすり寝てたのに、いちいち起こすな」

「ですが……」

「適当にやっとけ」

あっさり切られて、むらむらと腹が立った。監察が入ったというのに、駆けつけもしないのか……。署長官舎に電話を入れることも頭をよぎったが、どうにかこらえた。署の切り盛りはほとんど、助川にまかせられているのだ。

拳銃の保管庫では、背広姿のふたりづれに、地域課第三係長の平野が説明をしていた。

「どうも、ご苦労様です」

柴崎はあいさつの言葉をかけ、自己紹介をした。

「六方面本部の管理官、内田です」背の低い、がっしりした五十がらみの男が言った。

「こっちは、同じく地域担当の山崎警部補」

山崎は三十五、六、ひょろりとしていて、無表情だった。

席を空けていたことをとがめる様子はなく、柴崎は胸をなでおろした。

保管庫の監察が終わると、息つく間もなく留置場の監察が行われた。留置人名簿を片手に各房を見てまわる。看守勤務日誌の点検を始めたとき、内田がふところから携帯をとりだし、耳にあてながら部屋の隅によった。

——なに……タレが……傷害だと……。

内田のささやく声が柴崎の耳に届いた。

腰から下の力がすっと抜けていくような気がした。平野にも聞こえたらしく、柴崎をのぞきこんでいる目を大きく見開いた。

タレ……被害届。管内の交番に空爆をかけている監察官から、傷害の被害届を見つけたという報告を受けているのだ。わざわざ、知らせてくるということは、放置されたままの被害届を見つけたことにほかならない。しかも傷害……。

傷害罪は十五年以下の懲役刑が科せられる重罪だ。万引きのように微罪処分ですませることはできない。そのような事案が発覚した場合、交番所員は本署へ即報し、ただちに刑事課長の判断を仰がなくてはならない。その端緒である被害届を隠匿《いんとく》していたとすれば、重大な職務放棄となる。

それにしても、と柴崎はため息をもらした。当直は月に二度あるだけだ。それがよりによって随監にぶち当たり、しかも管内の交番でタレが見つかるとは。

——名前は……よし……つれてこい……。

矢継ぎ早に指示をすませると、内田は携帯を切った。

何ごともなかったように監察を続けたあと、ふたりの監察官はつれだって留置場を出ていった。平野についていくように命じ、柴崎はその場に残って副署長官舎に電話を入れた。

管内の交番で傷害事件のタレが見つかったらしいことを報告すると、助川は「どこの交番だ？」と聞いてきた。

「まだ詳しいことは分からないのですが、タレを受理したＰＭ（警官）が当番のようです。すぐ署に連れてこられると思います」

「そうか、わかった。また何かあれば電話してくれ」

何かあれば？　柴崎は耳を疑った。自署の署員が被害届を放置しており、それをこともあろうに監察官が見つけたのだ。定期的に行なわれる署内巡視で自分たちが見つけたのなら、握りつぶすこともできる。しかし、監察官に見つかってしまえば万事休すではないか。最悪の事態がはじまりつつあるというのに、呑気《のんき》なことを言っている助川の神経が信じられなかった。

2

三日後。

柴崎は自席で、共同捜査本部の立ち上げにかかる諸費用の見積書を作りながら、各交番の勤務実績表に目を通していた。

管内に十二ある交番の中で、綾瀬駅東口と西口交番の検挙実績が抜きんでている。人が集中する場所だから当然といえば当然ではある。三番手には弘道《こうどう》交番がきていた。交通違反の取り締まり件数も多い。放置されたタレが見つかった交番だ。タレを受理したのは配属されて二年目の村井康平《むらいこうへい》巡査、二十六歳。

村井は今年に入って車上狙《ねら》いの現行犯逮捕で、警視総監賞詞三級を受けている。昨年の六月の明け方に行われた随監では、弘道交番の近くに車をとめ交番の監視任務についていた方面本部の車に対して、逆に職務質問をかけ、監察官から勤務態度良好とほめられている。そんな意欲旺盛《おうせい》で優秀な巡査がタレを放置していたというのは、にわかに信じがたいことだった。

弘道交番は東武伊勢崎線の五反野《ごたんの》駅から、商店街を北に五百メートルいった四家《よつや》交差点にある。住宅密集地だ。村井の相勤員《あいきんいん》はふたりいて、そのうちのひとりは、名物交番所長として名が通っている広松昌造《ひろまつしょうぞう》巡査部長だ。弘道交番に勤務して九年。管内の会社や個人住宅をことごとく把握し、検挙実績に結びつけているようだ。それだけではなく、犯罪未満の相談事にも親切に対応し、事件を未然に防いでいるケースも多い。地域住民からの信頼は厚く、一昨年《おととし》広松の異動話が洩《も》れるやいなや、自治会長と商店会会長が連名で異動の取り消しを求めてきたという。いわば模範的な警官たちが勤務する交番で被害届が放置されるとは、いったいどういうことなのか。

弘道交番は四部制で十二名が所属し、三人の係員が交代で勤務についている。交番内には、四つの係ごとに分けられたロッカーがあるだけで、個人別のロッカーはない。ところが、村井が属している第三係のロッカーにのみ個人用の書類箱があり、その箱から放置されたタレが見つかったのだ。

タレの受理日は三カ月前の八月二日。届けを出した被害者は、島貫光雄《しまぬきみつお》三十三歳、住所は青井二丁目五十三番地。派遣会社勤務とある。夜の八時すぎ、コンビニの駐車場で見知らぬ若者四、五名に、いきなり顔面を殴打《おうだ》され、鼻骨骨折を負わされたと書かれている。金は盗《と》られていないものの、オヤジ狩りの一種のように思える。

交番にある巡回連絡簿によれば、島貫光雄は三人家族で、父親は大手家電メーカーの部長を務め、母親は区役所に勤めている。金には困らない一家のようだ。

　随監の入った日、監察官が本部へ帰るとただちに、柴崎は弘道交番へ出むいた。個人用の書類箱は監察が持ち帰っていて、どのような状態で発見されたのか想像もできなかった。ぶ厚い引き継ぎ簿の簿冊《ぼさつ》をめくり、事件のあった八月二日前後を調べたが、それらしい記述もなかった。同じ三係の相勤員を呼びつけて、事件について問いただしたが、まったくの初耳だという。弘道交番に所属するほかの九名の警官全員に対して、事情聴取も済ませたが知るものはいなかった。

　パソコンに表示されている時刻を見た。午前十時。

　六方面本部の内田管理官と山崎警部補は、署員が出署してくる前の午前七時半にやってきた。待機させていた村井巡査を二階の刑事課の取調室に連行して、取り調べがはじまった。本来なら、監察業務が終了してすぐ行われるのが筋だが、緊急性はないと判断された。村井が当日、二十四時間勤務の早出第二当番についていたことも考慮され、休日にあたる今日まで延期されていたのだ。

　取り調べがはじまって二時間半が過ぎた。長い。こみいった事情でもあるのか。

　傷害の被害届を三カ月あまりにわたって隠してきた村井には、厳しい処分が科せられるはずだ。へたをすれば、公用文書等毀棄《きき》罪で書類送検されたのち懲戒免職。マスコミに洩れた日には、とりかえしがつかない。地域課長も第三係長も監督不行届きで、懲戒処分をくらうのは目に見えていた。

ただ、随監の入った晩、当直責任者だった柴崎には、処分は下されないはずだった。交番勤務で、立番すべき時間に休んでいたなどの職務怠慢行為が見つかっていれば柴崎の監督責任が問われるが、タレの放置は柴崎とは無関係であるからだ。

署長室から出てきた助川が、柴崎の席に歩みよってきた。

「お呼びがかかったぞ。行ってこい」

「刑事課ですか？」

ほかにないだろうという顔で柴崎をにらみつけると、助川はさっさと署長室に戻っていった。今週の行事一覧を前に、署長と鳩首《きゅうしゅ》会談を持っているのだ。ふだんなら柴崎も加わるのだが、今日ばかりは席に残っていた。署長にしろ、方面本部の監察官が自署の警官の取り調べをしているというのに、まるで他人事《ひとごと》だ。自分たちには火の粉が降りかからないと思っているらしい。

柴崎は二階にある刑事課のドアを開けた。ほとんど空席になっている中、窓際《まどぎわ》にすわる刑事課長の浅井が取調室の入り口に視線を送った。

そこに地域課長の望月と係長の平野、そして内田管理官の堅い冷たい顔があった。

その内田がふたりから離れて近づいてきた。

「広松巡査部長を呼んでくれ、至急だ」

「はい」

即答しつつも、不可解な顔をしている柴崎に向かって、内田は言った。

「村井のやつ、妙なことを言い始めた。広松にタレを引っこめておけと強要されていたらしい。思い当たる節はないか？」

模範的所長だという広松がタレを隠匿？　柴崎は首をかしげながらも、

「まったくありません」

と答えた。

柴崎は一階の警務課に戻った。北松戸の古ヶ崎《こがさき》にある広松宅に電話を入れると夫人が出た。ご主人に替わってほしいと口にしたとき、副署長席の助川がおもむろに立ち上がると、柴崎の席に歩み寄り、手にしていた受話器を奪いとった。

「……ああ、広松さん。俺、助川、休みのところ悪いね」

遠慮がちな言葉。助川らしくない態度だ。

「こないだ打ち込みがあったじゃない。その件でさ、ちょっと来てもらいたいんですよ。内田管理官と望月課長が待ってますから。……まあそう言わずにさ」

署長以外にはぞんざいな口を利《き》く助川が、これほどおとなしいのは珍しいことだった。広松が年上だからだろうか。あるいは、それだけ優秀な警察官なのか。

「じゃあ、よろしくお願いしますよ」

電話の向こうで渋っていたらしい広松がようやく折れると、助川は首を左右に振って席に戻っていった。

常磐線《じようばん》を使えば綾瀬署まで三十分程度で着くにもかかわらず、二時間経《た》っても、広松は姿を見せなかった。

正午すぎ、ようやく、恰幅《かつぷく》のいい私服姿の広松が玄関に現れた。警務課にいる柴崎を無視するように通りすぎ、大股《おおまた》で地域課に入っていく。

「望月ぃ、なんの用だあ」

上司の地域課長を呼び捨てにする広松の声がフロアに響きわたった。

柴崎は驚き、顔を上げて地域課を見やった。住民に愛される仕事熱心な交番所長。そのイメージを裏切るような粗野な大声だった。

望月のいる課長席の前で広松が立ったまま、何ごとか話している。まわりの署員たちは驚いた様子もなかった。やがて広松だけがそこを離れて、地域課を出た。柴崎は何事もなかったように階段を上がっていく後ろ姿を見送るしかなかった。

3

『なぜ被害届を受理しながら、綾瀬署に報告しなかったんだ』

『ちょっと疑問に思うところがあってな』

『何ですか、それは？』

『ささいなことだ、おまえらには関係ない』

『被害届の隠匿は処分の対象になる、わかっているんですか』

『ああ、したけりゃすればいいよ、村井に命令したのは俺だからな』

方面本部の監察官を、広松は〝おまえら〟呼ばわりしたらしい。二時間の尋問の間、肝心なことには口をつぐみ、終始強気な態度だったという。

今週中に再度署内で調査をして、報告を上げるということで一応の決着がついた。ありがたくないその任務は、署の総務全般をあずかる柴崎に一任された。当夜の宿直責任者だったこともあり、断ることはできそうになかった。

勤務態度不良の警官の尻《しり》ぬぐいをするような仕事は、気が滅入《めい》る。しかし、はっきりと、白黒をつけさせてやりたいと一方では思った。

午後いちばんに、傷害事件の現場となったコンビニを訪ねた。弘道交番から一キロ近く離れた江北高校の正門前にあるエーストア西綾瀬店だ。

「店長はいますか」

暇そうに立っている男性店員に声をかけると、店員は「店長、お客様ですけど」と奥の事務所へ間延びした声で呼びかけた。コンビニの制服を着た四十代半ばの男性が顔を覗《のぞ》かせた。胸に「中島」と書かれた名札を付けている。

「三カ月前にこちらの駐車場で起きた傷害事件について伺いたいのですが」

警察手帳を見せながら柴崎が話しかけると、中島は驚きと少しの面倒臭さが入りまじったような表情で、

「あっ、そうですか、どうぞ」

と手招きをした。

「被害届をもとに、今調べているところでしてね。どんなふうだったんでしょう」

「うちの駐車場で、男の人が若い子たちに殴られたみたいでしてね。顔から血を出して、結構ひどい怪我《けが》だったとか」

「店長さんはお店にはいらっしゃらなかったんですか」

「ええ、その時間はいなかったんですよ。うちのアルバイトが見つけて、あわてて止

めに入ったんです。連中、蜘蛛《くも》の子を散らすように逃げていったそうです。そのあと山下、あ、そのアルバイトね、彼から電話がかかってきて、急いで店に向かったんですよ」

「その山下さんは今日いらっしゃいますか？」

「今日は休みだね。次は……」

中島は壁にかかった書き込み式のカレンダーを見ると、

「明後日《あさって》ですね」

「被害者の方は、そのまま病院へ？」

「そう、広松さんが付き添ったみたい」

「広松？」

突然出てきたその名前に、柴崎は声が裏返りそうになった。

「なんで広松所長が？」

「いや、電話で事件のこと聞いたから、ここに向かう途中で交番に電話かけたんですよ。そしたら広松さんがいて、来てくれたんです。もう一人、若いおまわりさんと一緒に」

「村井、ですか？」

「うーん、名前は憶《おぼ》えてないけどね。それで広松さんが事情聞いて、怪我してるから病院に連れて行くって」

「……そうですか」

事件が起きてすぐ、広松は現場に向かい、被害者と接触していた。おそらく病院に連れていった後、被害届を受理したに違いない。問題はなぜ、その被害届を放っておいたのかということだ。

黙り込んだ自分を怪訝《けげん》そうに見つめる中島の視線に気づき、柴崎はあわてて口を開いた。

「ええっと、犯人は何人くらいだったんでしょう」

「四人くらい、いたみたいです」

「年恰好など、その、山下さんは何かおっしゃってました？」

「どうも中学生らしいんです。全員、白のワイシャツに黒いズボン、制服だったらしいんですよね」

「どこの中学ですかね」

「さあ、そこまでは……」

ここで得られる情報はこのくらいか、と柴崎は辞去しようとしたが、

「その後ね、一カ月くらいして、被害者の方が一度店に来たんですよ、犯人を見たって」

と中島が言い出した。

「どういうことですか？」

「朝、雑誌を立ち読みしてた中学生がいたそうなんです。そのとき被害者の方はバスに乗ってて、窓から顔を見ただけで通り過ぎたんですって。その顔が犯人のひとりにそっくりだから、防犯ビデオを見せろって夕方店にやってきて」

「見せたんですか？」

「もちろん警察以外には見せられないって断りましたよ。そうしたら、じゃあ警察に言いに行くって出て行きましたよ」

「それから警察は来ましたか？」

「広松さんがね。でも、ビデオを見てから、他に有力な証拠が見つかったから、これは気にしなくていいって。だから犯人が見つかったのかと思ってたんだけど……」

「そのビデオ、今も見られますか？」

「いや、一週間経つと古いのから消えていくんでね、もうないんですよ」

「広松は保存しておくようには言わなかった、と」

「ええ、通常通り処理していいと」

最近のコンビニの防犯カメラの映像は、パソコンのハードディスクに保存され、一定期間を過ぎると自動的に消去される仕組みになっているのだ。

広松はこの事件をどう処理するつもりなのか。柴崎はやはり不可解に思った。犯人をかばっているのか。穏便な方法で片付けたいのか。だとしたら何故《なぜ》？　ただのオヤジ狩りのように見えるこの事件に何があるというのだ。

どちらにしても、今の段階でマル害の島貫にあたることはできなかった。事件の捜査が進んでいないどころか、事件自体が発覚しないまま三カ月も過ぎていたなどと決して悟られてはならない。

署に戻った柴崎は、生活安全課の少年係を訪れ、管内で発生したオヤジ狩りに関する情報を集めた。

本庁とちがって、捜査情報の収集は容易だ。

ここ二年間に起きた事件はぜんぶで六件。いずれも荒川の河川敷で発生しており、被害者はホームレスだった。そのうち四件については容疑者がすでに逮捕されて、それぞれ刑務所と少年院に送致されている。残りの二件は未解決だが、捜査にこれといった進展はないらしい。

続いて柴崎は要注意少年の分厚い簿冊をめくった。下は十二歳の小学六年生から上は十九歳の無職まで、ざっと百八十四名。住所をエーストア西綾瀬店付近にしぼっても、三十名近くいた。この中に島貫光雄を襲った四名がいるかどうか、また、いたとしても特定する手立てもない。エーストア西綾瀬店の山下というアルバイトは、犯人たちの顔を覚えているだろうか。

「おう、ご苦労さん」

自席に戻ると助川が声をかけてきた。柴崎はコンビニでの聞き込みを、推測を交えて報告した。

「ふーん、広松巡査部長が犯人の映像をわざと消させたのかね」

「そう考えるのが自然だと思います」

「マル害はそのあと何も言ってこないのか？」

「どうでしょう。弘道の引き継ぎ簿には記録がありません。ただ広松巡査部長が同じように揉《も》み消《け》している可能性も……」

「まあそうだよな」

「お伺いしたいことがあります。広松巡査部長はどのような人物ですか？」

「え？」

柴崎は、先日署に来たときの広松の態度が気になっていた。位が上である望月に乱暴な口を利き、監察にも木で鼻をくくるような態度をとった。あのような人物が地域住民には信頼されているなど、にわかには信じ難い。

「俺も聞いた話だがな、望月さんと広松さんは第二機動隊で一緒だった。ふたりは同期なんだ。あさま山荘の応援でな、広松さんは死ぬ思いをしたらしい」

助川がぽつりぽつりと話しだした。

広松と望月は昭和二十六年生まれの五十八歳。ともに高校を卒業して警視庁に入った。昭和四十七年二月、あさま山荘事件が起こった。連合赤軍の残党が軽井沢の別荘地にある「浅間山荘」に押し入り、管理人の妻を人質に取って籠城《ろうじょう》した。犯人達は説得工作に耳を貸さず、猟銃を撃ち返してくるのみ。長野県警だけでは手が足りず、警視庁に応援要請が入り、機動隊が派遣されたのだ。

籠城から十日後、突入の決定が下された。望月と広松のいた第二機動隊第四中隊の三十名には、犯人たちのいる三階への突入が命じられた。拳銃《けんじゅう》は「適正に使用せよ」。事実上、発砲は禁止され、威嚇《いかく》射撃すらできない状況だった。

現場にいた幹部は突入にあたって隊員の一階級特進を申し出た。ヒラの巡査ならば巡査部長にする、と。万が一、弾に当たって死ねば二階級特進。葬式は警部補で出せると隊員たちは考えた。

　それでも、死地へ突入する恐怖は並大抵ではなかった。中隊長は隊の三十名を危険な方から一番隊、二番隊、三番隊とわりふった。

　一番隊は相手から武器を奪い、二番隊が人質を救出する。三番隊が全体を制圧するという役割だ。最も危険な一番隊は二名のみ。犯人の待ちかまえる中へ、素手同然で最初に踏みこむのだから、死ねというようなものだ。その一番隊に指名されたのが広松だった。望月は三番隊に入るよう命令された。

　広松はもともと、警察など好きではなかったという。家庭の事情があって警視庁に入った。新任教育でも、軍隊式の教育が幅をきかせ、上司の命令は絶対だと叩《たた》き込まれたが、広松は納得できなかった。自分が捨《す》て駒《ごま》にされる理由がわからなかった。前年、成人したばかりだった。それなのに、警察は自分に死ねという。組織はこの自分を見捨てた。そうとしか思えなかった。

　しかし、命令には逆らえなかった。

　広松は赤い腕章を腕に巻き、二重にしたジュラルミンの楯《たて》をかかげて突入した。中は闇《やみ》が支配していた。雨あられと銃弾が降りそそぎ、仲間が放つ催涙弾が転がりこんで、視界はゼロだった。それでも、どうにか足場を確保して二番隊を呼びこんだ。

結局、犯人たちは逮捕された。テレビに映ったのは三番隊の隊員たちだ。広松は手傷を負ったものの、生還を果たした。その日から警察組織への怨念《おんねん》がとりついた。一階級特進の約束は反故《ほご》にされ、桐《きり》の花をかたどった勲章がひとつ与えられたにすぎなかった。あの恐怖は、遥《はる》か後方の三番隊にいた望月なんかには分かるまい。そう思った。

以来、自分を捨て駒にした警察組織すべてが敵となった。いくら煙たがられようと、納得できないことには反抗し、強く出た。組織のなかでうまく立ち回ることなど何の役にも立たないと悟ったのだ。その結果、本署にすら上がることができず、あれから四十年、退職が近づいた今日まで交番回りをつづけている。

「……そんなところだ。怖いものがない人間ほど厄介なもんはないな」

立ったまま話し終えた助川をしばらく見つめた。

広松の過去は想像することすらおぼつかなかった。柴崎自身、刑事として捜査に駆け回った経験もなく、ましてや殉職の危機など感じたこともない。警察に全幅の信頼を寄せ、その中で自分のポジションを高めることが組織のためでもあり、自分のためでもあると柴崎は信じていた。そんな自分からすると、広松の生き方は自暴自棄そのものに思えてならなかった。

4

弘道交番の前には、雨合羽を着た村井が警棒を把持《はじ》して立番していた。

「ちょっといいかな」

柴崎が声をかけると、村井ははっとした表情で敬礼した。

休憩中の所員を呼び出し、柴崎は村井と一緒に休憩室に入った。広松はいない。巡回連絡中の時間を狙《ねら》ってやって来たのだ。

「エーストア西綾瀬店の駐車場で起きた傷害事件のことを聞きたい。当日のことを話してもらえるかな。もちろん君が何を話したか、広松巡査部長には一切伝えない」

柴崎は穏やかに切り出した。すると、村井は緊張気味に話しだした。

「八時過ぎに交番の電話が鳴って、広松所長が出ました。傷害事件ということで、自分も行くといって付いて行きました。現場に到着すると犯人たちはもう逃げたあとらしく、被害者は大量に鼻血を出していました。所長が病院に連れて行ったんです」

「君は病院に行かなかった?」

「所長から交番に戻るよう言われました」

「タレを書いたのはその後？」

「はい、手当てが終わった島貫さんと所長が戻ってきて、被害届を作成しました」

「その時、広松巡査部長に何かおかしな様子はなかったのか？」

村井はしばらく考え込んでいたが、

「なかったと思います。いつも通りでした」

と柴崎の目を真っ直《ま》ぐ《す》見つめながら答えた。

「そのひと月後、島貫からあのコンビニで犯人を見たという連絡が入ったみたいだけど」

柴崎がそう切り出すと、村井は「えっ」と短く声を上げた。「自分はまったく知りませんでした。そうなんですか？」

「ああ。広松巡査部長がコンビニに出向いたそうだけど、何も言ってなかったのか」

「はい、何も……」

やはり広松は何かを隠している。所員にも言わずに事件を解決しようとしているのか、それとも……。

「広松巡査部長ってどんな人かな？　何度も言うけど、ここで話したことを口外することはないから、正直に話してほしい」

「いい……とてもいい上司です」

「ちょっと乱暴な印象を受けるけど」

「たしかにぶっきらぼうなところはありますが、住民の皆さんのことを熱心に考えて、どんな些細《ささい》なことでも相談に乗ったりされています。責任感の強い方です」

村井の真剣な様子からは、ただ綺麗事《きれいごと》を並べているだけとも思えなかった。

5

水曜日、柴崎は再びエーストア西綾瀬店を訪れた。レジにいる二人の店員のうち、痩《や》せて背の高い男性が「山下」の名札を付けているのを見つけた。

「この前店長さんに話を聞いたんだけど、三カ月前の傷害事件、見つけたのは君だったんだよね」

柴崎は問いかけた。

「ああ、はい。『やめろ』とか大声がしたんで見てみたら、男の人が殴られてて……」

「犯人たちの顔は見た？」

「暗かったんで顔はあんまり、ですね。制服着てたんで中学生かなと思いましたけど」

「高校生ではなくて、中学生？」

「なんとなく、体つきや髪の感じとか、背も高くなかったんで」

「一カ月後くらいに被害者の方が店に来たのは知ってる？」

「ああ、なんか防犯カメラの映像見せろって言って。その日もバイトしてましたから」

「被害者、この店によく来てたの？」

「ああ……そうっすね、まあ結構」

急に歯切れの悪くなった山下を見て、柴崎は不審に思った。「何か気づいたことがあったら教えてほしいんだ。どんな些細なことでもいい」

柴崎が少し語気を強めると、山下はためらいながら、

「怪我《けが》した人にそんなこと言うのもあれですけど……、あの男、夏の初めくらいからうちの店に来るようになって、バイトみんなで迷惑してたんです」

「迷惑ってどういうこと？」

「雑誌を乱暴に立ち読みして破ったり、商品をわざと落として踏んだりとか。ちょっとでも列ができると『遅い！』とか大声で怒鳴ったり」

「店長はそんなこと言ってなかったけど……」

「朝方とか深夜とか、店長がいないときを見はからって来ることが多いんです。事件が起きたのは、店長に相談しようかってみんなで話してた頃でした」

エーストア西綾瀬店をあとにした柴崎は、マル害の島貫光雄の自宅へ向かった。青和憩《いこ》いの森公園を借景にして建つモダンな和風住宅だった。家の周りを白い塀がぐるりと取り囲み、門の脇《わき》にシャッター式の車庫がある。車を道路にとめてしばらく様子を見ていると、採光の良さそうな二階の部屋に、若い長髪の男の姿がよぎった。一人息子の光雄と思われた。

ウィークデイのこの時間、家の中にいるということは、仕事には出ていないのだろうか。もしかすると、派遣切りにでもあって、自宅にいるのかもしれない。どちらにしても、働かなくても暮らしていける環境にあるのは間違いないようだ。

車に戻る途中、エーストアの前を通りかかった。青井兵和通り店だ。何気なく店内に目をやると、西綾瀬店よりも広く、品揃《しなぞろ》えも豊富のようだ。

——なぜ島貫は西綾瀬店を使っていたんだろう。

ふとその疑問が柴崎の頭に浮かんだ。自宅からは、この青井兵和通り店の方が近い。しかも大きな店だ。柴崎はいぶかしさを抱いて店に入った。

「店長さんはいる？」

明るい茶髪の若い女性店員に話しかけると、

「今はいませんけど」

と返された。

「ここの店に、困ったお客さんが来たことない？　三十くらいの若い男で、長髪の。雑誌を破ったり、レジで怒鳴ったりする客」

「あたし、ここのバイト始めたばっかなんで」

女性店員は困惑したように、隣のレジにいた男性店員に目を移す。すると、

「ああ、知ってますよ。その人、一時期毎日のように来てましたもん」

三十代半ばくらいの男性店員は、大きくうなずき、柴崎と女性店員を交互に見ながら言った。

「それはいつ頃？」

「半年くらい前ですかね。深夜に来て、雑誌の並びをぐちゃぐちゃにしたり、スナック菓子を踏んだりするんですよ。注意すると『買おうと思って、少し中を読んだだけだ』とか『陳列がなってない』とか逆ギレしてきて」

「アルバイトはみんな知ってた？」

「もちろん。毎日ですからね。一人、その客が嫌で辞めた子だっていますから」

「一時期って、どのくらい続いたの？」

「二カ月か、三カ月か……、そのくらいですかね。そのうちぱったり来なくなったから、ほっとしたんですけど」

柴崎は男性店員に礼を言って店を出た。二店のエーストアで、島貫はクレーマー行為を行なっていた。そしてその島貫が中学生たちから殴られた事件を、交番所長は揉《も》み消《け》そうとした。ひょっとすると、この事件は単純なオヤジ狩りではないのではないか。裏に何かあるのかもしれない。

柄にもなく自分が興奮しているのがわかった。

車に戻り、住宅地図を広げた。島貫の自宅から一キロ圏内にあるコンビニを確認する。ぜんぶで七店舗、エーストア西綾瀬店と青井兵和通り店を除くとあと五店だった。もうあと、一軒まわろう。エンジンをかけ、アクセルを踏み込んだ。かすかな期待感があった。

6

聞き込みを終えて、加平町にある副署長官舎によった。

「おう、ご苦労さん」

助川は玄関に立ったまま言った。

柴崎はコンビニで聞き込んだ結果を報告した。

「クレーマーか……」

「間違いありません」

「広松はそれを知っていた、と」

「その可能性は高いと思います。暴力をふるったりすれば別ですが、通常のクレーマーは警察で取り締まることができません。しかし、複数の店が島貫のクレーマー行動の被害に遭っていたのは事実です。ですから、懲罰の意味もあって広松巡査部長は、揉み消そうとしたことは十分に考えられます」

「気持ちは分からんでもないが、傷害事件をなかったことにするのはまずいよなあ」

「もちろんです。広松巡査部長にもう一度事情を聞きましょう」

柴崎は勢い込んだ。だが助川は、馬鹿《ばか》にしたような顔で柴崎を見つめた。

「まあ待て。マル害が悪質なクレーマーだってことはわかった。だが奴《やつ》を殴った中学生たちについては何も分かっておらんだろう。だれの仕業なのか、広松はそれを知っているのか、おまえは何も摑《つか》んでない。そうだろう？」

「はい……」

「もう少しやってみろ。でないとマル害に申し開きもできんからな」

そう言い残し、助川は居間へと戻っていった。柴崎は玄関先に立ちつくしたまま、後ろ姿を見送った。

7

翌日。新人の実習生三名の受け入れを済ませてから、柴崎は生活安全課に出むいた。オヤジ狩りの未解決事案を抱える担当者をつかまえて、進捗《しんちょく》状況を尋ねたが、これといって得るものはなかった。弘道交番と近接している西新井署に電話を入れ、同様の事件があるかどうか照会させたが、返事はなしのひと言だった。

書類仕事を片づけて、午後四時過ぎ、ようやく署を抜け出ることができた。

青井地区に向かった。昨日の聞き込みのつづきだ。手がかりはコンビニしかない。

青井二丁目交差点にあるシティマートの駐車場に車をとめる。エーストアと比べると規模が小さく、二十四時間営業ではない。店構えも古びていた。

四十くらいの黒いメガネをかけた男が、レジ横にある中華まんの保温器の中に、あんまんを入れていた。縦長で二列しかない店の通路は人がすれちがうのがやっとの狭さだ。奥にある棚で、小柄な男の子が、素早い手つきで弁当を並べている。

黒メガネの男に身分を明かすと、男は店長の沢田と名乗った。この店に素行不良の中学生が来ることはあるか、と聞いてみる。

保温器のとびらを開けたまま、「うーん、万引きはたまにあるけどね、うちはどらんの通り小さい店だし、トラブルはそのくらいですよ」

と主人の沢田は言った。

「お店の前にたむろする中学生とかは？」

「集団で買い食いしたりはあるけど、たばこ吸うでも酒飲むでもないし、かわいいもんだよ」

「そうですか……。ところで、このお店に三十くらいの長髪の男で、いろいろと文句を言ってくるようなお客が来たことはありませんか？」

「文句？」

「クレームと言いますか……接客態度について怒ったり、商品をダメにしたり」

「ああ、あいつかなぁ。ちょっと前、頻繁に来てた男がいましたよ。おつりの渡し方が悪いとか言って、いきなりキレ出すんですよ。小さい店だから、そんなことされるとお客さんも怖がって出てっちゃってね。商売上がったりですよ」

「最近は来ていない？」

「ええ、一カ月くらいで来なくなったと思いますよ。六月か七月か、そのくらいかな。……おい、貴弘《たかひろ》、弁当並べ終わったのか？」

店の手伝いをしていた男の子が、足早に店を出て行く。

「家族でやってるもんでね、せがれと家内と。奥が住まいになってるんですよ」

ちょうどその時、奥から小太りな細君らしき女性が現れた。「おい、警察の方が見えてるんだよ。うちの店も参ったよな、あの男さ、毎回文句つけてくる長髪の」

主人が島貫の話をふると、細君は濃く塗った眉《まゆ》をひそめて、しゃべりだした。

「あの人にね、釣り銭といっしょにレシートを渡すでしょ、そうするとぶつぶつ怒り出すのよ。『いつも、いらんと言ってるだろう』とかなんとか言いながら、その場でレシートを細かく引き裂いて捨てるの。陰険よ、まったく」

「もしかして、そのことを交番所員に相談なさったりしました？」

「相談ってほどじゃないけど、広松さんには言ったわよ。よく巡回に来て下さるからそのときに」

その後、細君は待っていましたとばかりに、話しだした。

——広松さんて、ほんとに頼りになるの。こじれた離婚話だってあいだに入ってくれるし、土地の境界争いだってあの人が出れば片づいちゃうのよ。広松さんの勤務日には、夜食を差し入れることもあるの……。

柴崎はとめどなく溢《あふ》れ出す広松賛美にどうにか割り込んで尋ねた。

「その男の話をした時、広松はどんな反応でした？」

「どうしたもんかな、って考え込んでる感じだったわよ。また来たら電話してくれ、とも」

「電話したんですか？」

「ええ。そうしたら広松さん、店に来てくれたの。さすがにおまわりさんが来たら、あいつ何もせずに出て行ったわ」

「そうですか」

やはり広松は島貫のクレーマー行為を知っていた。そして、島貫の顔も。

「ここ一帯のコンビニが、彼の迷惑行為に悩まされていたようです。そういったお話もご存知ですか？」

「そうらしいわね。うちの子の同級生のお姉さんがエースストアで働いてたんだけどね、彼女なんてあいつのせいでお店辞めちゃったんだから」

——その客が嫌で辞めた子だっていますから。

エーストア青井兵和通り店で、男性店員はたしかそう言っていたはずだ。

「それって青井兵和通りのエーストアですか？」

「そうそう。かわいそうにね、店長に相談しても、客を拒否することはできないって結局何もしてくれなかったらしくて。店長ってふだん、あまり店に出ないのよね。だからわかんないのよ」

柴崎は、自分の胸がいつもより速く鼓動を刻んでいるのを感じていた。好奇心と期待感が胸の中で交錯した。点でしか見えなかったものが、線になってつながっていく予感がした。自分がいま、単独で関わっているこれこそが、捜査なのかもしれなかった。

8

「突然お呼び立てして申し訳ありません」

事前に連絡を入れていたとはいえ、今井《いまい》純子《じゅんこ》は緊張を隠しきれない様子だった。小柄で見るからにおとなしく、気立てがよさそうに見える。ふっくらした顔立ちだが眼《がん》窩《か》が深く目元が印象的だった。

ここは、北千住駅近くの喫茶店だ。

「島貫光雄について、お話を伺いたいんです。この男、ご存知ですよね」

柴崎が写真を見せると、純子はいっそう身体《からだ》を硬くした。

「すみません、嫌なことを思い出させて。島貫が悪質なクレーマーだったことは聞いております。それであなたが勤めていたコンビニを辞めたことも」

「……そうです。本当に限界でした。毎日やってきては、雑誌を破いたり怒鳴ったり。わたしが一度『他のお客様の迷惑になる行為はやめてください』と言ったことがあります。アルバイトのなかには、放っておくしかない、なんていう子もいましたけど、わたしにはできませんでした。お客さんでも、何でも許されるわけじゃありません。真正面から言いたかったんです。でも、それがあの男を怒らせたんだと思います。それからはわたしのいる時間に、わたしのいるレジにばかりやって来て、手渡したレシートを破ったり、おつりをわざとばらまいたり」

「暴力をふるったりはしなかったんですね？」

自分が受けた嫌がらせを些細《ささい》なことと捉《とら》えられたと感じたのか、純子はやや声を高くした。

「殴られたりすることはありませんでした。でも、小さな嫌がらせでも毎日毎日繰り返されると、嫌気を通り越して恐怖を感じるんです。あの人がまた来るのだと思うと、出勤前に胃が痛くなりました。休むことも増えて、もう限界だって思ったんです」

「島貫の行為には、周辺のコンビニも非常に迷惑していました。彼は間違いなく悪質なクレーマーです。あなたのストレスも相当なものだったとお察しします」

純子は少し落ち着いたのか、額の汗をハンカチで拭《ぬぐ》っている。

「島貫のことはどなたかにご相談なさいましたか？」

「友人に愚痴を言ったりすることはありましたけど、あとは……、あっ、広松さんには色々聞いていただきました。うちは弟と二人暮らしなので何かと困ったこともあるだろう、ってよく顔を見せて下さるんです」

昨日再訪したエーストア青井兵和通り店で、柴崎は今井純子の履歴書を見せてもらった。家族構成欄に「涼太《りょうた》」という中学生の弟の名前が書かれているのを見つけた。両親は純子が高校に入る頃に交通事故で亡《な》くなったらしい、とエーストアのアルバイトは話してくれた。そうした事実を腹に収めたまま、柴崎は、何気ないふうを装《よそお》って聞いた。

「弟さんですか……、おいくつですか？」

「中学二年生です」

「弟さんを今井さんお一人で面倒見ていらっしゃるんですね。それなのにあんなクレーマーのせいで職場を辞めざるをえなくなったのは、悔しかったでしょう」

「ええ、真面目《まじめ》に働いているのにどうしてこんな目に遭うのかって思いました。学歴もないわたしは就職活動も楽じゃないし、お先真っ暗の気分でした。でも、広松さんが今の職場を紹介して下さったんです」

エーストアを退職した今井純子は、間もなく区内の繊維健康保険組合に勤め始めた。スムーズな転職は広松の口利《くちき》きがあったからか、と合点がいった。

「弟さんも、お姉さんがそんな目に遭ったことに腹が立ったでしょうね」

「ええ、弟にも事情を説明したら『なんで何も悪いことをしていない姉ちゃんが辞めなきゃいけないんだ』って言ってましたけど……」

純子が少し不思議そうに柴崎を見た。その表情には、何の後ろめたさも読み取れない。少なくとも柴崎には、そう感じられた。

9

　土曜日は、朝からどんよりした日だった。

　午後四時半。約束した時間通り、広松はしょうぶ沼公園の広場のベンチに腰掛けていた。襟付きのシャツにジャケットとグレーのスラックス。いつものなりをしている。柴崎も私服だ。

　人影はまばらだった。運動場もある広い公園だがこの季節はさみしい。

「お疲れのところをすみません」

　広松は昨晩当直勤務で、帰宅したのは朝方だったはずだ。

「何の用だ」

　顔を上げた広松は、しかめっ面《つら》から一転、目を見開いて立ち上がり、柴崎ともう一人、横にいる顔に交互に目をやった。

「涼太……なんでここにいる」

「わたしが連れて来たんです。彼は、今井涼太君は認めましたよ、島貫を殴ったのは自分だと。シティマートの沢田貴弘君といっしょに」

広松ははっとした表情で今井涼太を見た。涼太は一瞬広松と目を合わせたが、すぐにうつむいた。

「彼は、島貫光雄のクレーマー行為のせいでお姉さんがコンビニを辞めざるをえなかったことに憤《いきどお》っていた。それを、友人の沢田貴弘に話すと、彼の父親が経営しているコンビニにも同じような男が来たことがあるという。彼らはコンビニで島貫の顔を確認し、機会を窺《うかが》っていた。事情を話して同情してくれた友だち数人も加わって、島貫を懲《こ》らしめてやろうということになった。そうだね？」

「……はい」

涼太が初めて口を開く。

「島貫がエーストア西綾瀬店に来る時間はだいたい夜から深夜にかけて。君たちはどうやって島貫が来る時間に集まったの？」

「毎日交代で、駐車場の陰から見てたから……」

「あの日は八時頃だったよね。だれが見張ってたの？」

「俺……」

「それでみんなを呼び出した？」

涼太が黙ってうなずく。広松がおもむろに柴崎に息がかかるくらいに近づき、

「何が悪いんだ」

と怒鳴った。

「家族を不当に苦しめた奴《やつ》をぶん殴って何が悪い。あいつはな、自分の人生の鬱屈《うっくつ》を、理不尽なクレームにして吐き出す卑劣な人間だ。そんな人間をのさばらせていいはずがない」

「だからと言って集団で殴りつければそれで解決するというんですか！　それでは何のために警察がいるんですか。報復を是としてしまえば、世の中、なんでもまかり通ってしまう。暴力ですべてが片づくと勘違いされてしまったら、それこそ取り返しがつかないことになります。報復以外にも、打つ手はあったはずです。そのためにこそ、われわれ警察があるんじゃないんですか」

柴崎が荒い息をつくと、広松はせせら笑うように吐き捨てた。

「警察に何ができるっていうんだ。やつは犯罪にならないギリギリのところで迷惑行為を繰り返していた。コンビニの商品をダメにするのも、わざとではないと言い逃れされればどうしようもない。店員を怒鳴りつけるのも、暴力を振るっていない以上、咎《とが》めようがない。俺たちは住民の悩みを親身になって解決するにはあまりにも無力なんだよ」

「そうだとしても、集団で殴りつければいいというものではありません。そうだろ、涼太君」

柴崎は涼太に向き直ると、

「お姉さんは言ってたよ。アルバイト仲間には、島貫のことは放っておくしかないという人もいた、でも自分はそうはできなかったと。客だからといってすべてが許されるわけではない、そう『真正面から言いたかった』と。お姉さんは堂々とした人だ。あんな卑怯《ひきょう》な男にも屈せず、面と向かって反撃した。そんなお姉さんが、暗がりで集団で殴りつけるなんていう、君の行為を良しとするわけがない。そう思わないか？」

涼太は身を震わせながら、

「僕、警察に行きます……。自分のやったことを話します」

と言った。

「そうだね。そうするべきだ。よく決心した」

柴崎がそう言って涼太の背に手を触れた。そのまま一緒に歩き出そうとすると、広松は二人の前にまわり、立ちはだかった。

「涼太は家に帰ってろ」

「え……」

涼太が広松と柴崎を交互に見る。柴崎は、

「困ります。一緒に署まで同行してもらいます」

「いいから。あとでおまえが家まで迎えに行け。こいつは逃げたりせん」

広松は有無を言わせぬ口調でそう言うと、涼太を追い払うように手を振る。涼太の背中が小さくなってゆくのを見ると、広松は、

「島貫は被害届を取り下げた」

と言った。思わぬ言葉に柴崎は、

「どういうことですか？」

と聞き返した。

「被害届を取り下げたいんだとよ。本人がそう言うんだからしょうがない」

広松は無表情で言い放った。

広松は島貫に会いに行った——。そうとしか思えなかった。島貫のクレーマー行為を散々聞いている広松は、それをネタに島貫を脅し、被害届を取り下げろと要求したに違いない。被害届を放置しておいたのも、最初からそのつもりでいたからだろう。一旦《いったん》弘道交番で受理しておくが、島貫が取り下げを認めれば、傷害事件自体存在しなかったことにできる。

「広松巡査部長、あなたは島貫と『取引』しましたね……」

「何の話だ。証拠でもあるのか」

平然とした顔で聞き返され、柴崎は言葉に詰まった。たとえ島貫を問い詰めたところで、広松のような人間にこっぴどく脅された奴が吐くとは思えない。

「代理、証拠もないのに言いがかりをつけるのは感心せんぞ。本人の希望だ、俺はそれを聞き入れた。それだけのことだ」

「島貫があなたに脅されてそのままおとなしくしてると思いますか？　クレーマー行為がエスカレート、いや今度こそ本物の犯罪を犯す可能性すらあるとは思いませんか？」

「それは俺の知ったことじゃない。ああ、そういえばな、島貫は夏前に派遣の契約を切られていたらしいが、新しい派遣先が決まったみたいだな。今は仕事に忙しくて、傷害事件のことなんぞどうでもいいんじゃないか」

アメとムチ——。柴崎の頭にその言葉が浮かんだ。広松の要求によってさらに鬱屈を溜《た》めた島貫が良からぬことを考えぬよう、広松は職場を紹介しさえした。そこで妙なことをすればすぐに広松に連絡が行くだろう。収入源の確保と絶え間ない監視。広松はそうやって、彼なりの筋を通そうとしているのだ。

柴崎が何も言えずに立ちすくんでいると、

「涼太には、おまえが気の済むまで説教してやれ」

と、広松に肩を叩《たた》かれた。

「……だな」

小さく呟《つぶや》く広松の声は、聞き取りづらかった。

「はい？」

「信じてるんだな、警察を。こんなろくでもない組織を」

悪態をつく広松の目は、遠くを見つめるように細められていた。

抱かれぬ子

1

とうとう、見つけたのだ。

企画課長の中田が賄賂《わいろ》として使っている金の出所を。

年の瀬で閑散とした中野法務局で、その一枚の登記簿謄本《とうほん》に出くわした。元警視庁警察学校の西隣にあるわずか六十坪ほどの土地だ。

登記の中身が記された登記事項証明書によれば、昭和二十六年、警視庁福祉協会が職員会館として土地を購入し、それから二十四年後の昭和五十年の六月に民間の不動産会社に売却されていた。警察学校の庶務課長をしていた関口史男に問いただすと、この土地は、三千万近い金で売却されたのち、警視庁警察学校長名義の銀行口座に積み上げられた。実際の管理は、代々、副校長に任されていたという。

この金を元本《がんぽん》として、その利子が警察学校関係者の裏金として使われてきた。だが、バブル崩壊後、利子が大幅に目減りして、そのシステムは崩れた。それ以降、口座にあった金は折にふれて現金化され、副校長たちが懐《ふところ》に入れてゆく。その使い道は、副校長の胸三寸だった。

中田が副校長をしていた二年間の口座の出金を調べてみると、都合四回、金額にして三百万円が引き出されていた。むろん、正式な支出記録など残っていない。中田が、この金を私物化したと見て間違いなかった。

このネタをいつ、どのような形で、中田にぶつけるか。

もう、来月のなかばには人事異動が発令される。ぐずぐずしてはいられない。

柴崎は落ち着かない気分で、綾瀬署長の前に居並ぶ支店長たちを見やった。

一月五日火曜日午後六時。金融機関防犯協力会の新年会は盛況だった。立食パーティー形式で、これといった行事は組まれていない。警察関係者もみな、背広を着込んでいる。

署長と名刺交換をすませた人間たちが、次々に副署長の助川へと流れていく。

柴崎はビールのつがれたグラスを持って、人の波に背をむけた。ほろ苦い液体をグラス半分ほど喉《のど》に流し込む。

頭に浮かんでくるのは、登記事項証明書の文面だ。本人に直接会って、じかに当てるか。それとも……そのとき、背広の内ポケットで携帯が震えた。液晶画面に目をやると、刑事課長の浅井の名が表示されている。受話ボタンを押して、左耳にあてがう。

「代理、『ウミオトシ』だ」

いきなり発せられた言葉に、柴崎はとまどった。意味がつかめない。

「シマオカで生まれたばかりの赤ん坊が置き去りにされてる」

浅井は管内のショッピングセンターの名前を告げた。

産み落としのことか……。ようやく柴崎は理解した。

「今、どこです？」

と浅井に尋ねた。

「もうすぐ現着する。とりあえず署長にあげておいてくれ。そっちにPC（パトカー）、まわしたから」

あわただしく電話は切れた。

柴崎は人波をかいくぐり、副署長の助川に近づいた。挨拶《あいさつ》の途切れたところで、耳打ちする。助川はうなずくと、すぐ署長の小笠原に報告をすませ、柴崎の腕をとった。

「よし、行くぞ」

副署長は現場が好きで、何かというと現場に足を運びたがる。二人して足早にパーティー会場を後にした。ホテルの正面に滑り込んできたパトカーに乗り込む。続々と入電する警察無線に耳を澄ませた。

午後五時半頃、大谷田《おおやた》公園隣のショッピングセンター「シマオカ」の二階女子トイレに備え付けられたベビーベッドに、へその緒がついたままの赤ん坊が寝かされているのを買い物客が発見。その直後、一階と二階の中間にある階段の踊り場で女子高生が倒れているのが見つかった。大量に出血しており、子どもを産み落とした後で倒れた模様だという。

「こんな事件、こないだもあったな」

助川が、窓の外に流れる町並みに目を向けて言った。数カ月前、東北で、女子高生が学校のトイレで出産し、新生児を窒息死させるという事件が世を騒がせた。今回の事件も、その類《たぐい》だろうか、と柴崎は思った。

「妊娠したことを隠していたんでしょうか。まさか本人も気づいていなかったなんてことはないですよね」

「知らん顔して置いてきゃいいと思ったんじゃねえか。最近の若いやつは考えなしだから」

助川は忌々《いまいま》しそうに言った。

シマオカの駐車場には、パトカーが三台停まっていた。日は落ちて、気温は零度近い。柴崎は着ていたコートの襟を首元に寄せた。どこか騒然とした雰囲気ではあるものの、野次馬らしき人だかりはない。

シマオカは食料品から電化製品まで、日用品が揃《そろ》うショッピングセンターのチェーン店だ。足立区には三店舗が出店している。

店内には子ども連れの女性が多いが、さほど混んではいなかった。入って左側のエレベーター脇《わき》にある階段から二階にあがる。踊り場にさしかかると、現場保存のための黄色い遮断テープが張られていた。血の跡が点々とついている。

二階に着いた。階段脇にある女子トイレに、巡査が立っていた。敬礼したのち、近づいてくる。

「先ほど赤ん坊と、母親と見られる女子高生が救急車で運ばれていったところです」

「どんな様子だった？」

助川が訊《き》くと、巡査は緊張した様子で答えた。

「自分がきたときには、母親は出血がひどく、意識がありませんでした。一階へ続く踊り場に倒れていました。赤ん坊は女児で、トイレのベビーベッドの上に寝かされていました。ぐったりしていましたが、意識はあるようでした」

「そうか」

「おっ、来たか。おつかれさん」

テープで封鎖された女子トイレから刑事課長の浅井が顔を出した。

「さっき運ばれていったところですよ。まだ搬送先の連絡はありません。どっか空いてるといいんですが」

「女子高生の身元は？」

助川が訊くと、浅井は手元の手帳に目を走らせて答えた。

「池野《いけの》亜紀《あき》、江南高校二年生。財布の中に学生証がありました」

江南高校は綾瀬署管内にある都立高校だ。偏差値はお世辞にも高いとは言えず、万引きや喧嘩《けんか》で補導される生徒は後を絶たない。

「親は」

「自宅に電話したんですがだれも出ません。とりあえず、高校の担任に連絡を入れてあります。なんでもサボり癖のある子で、無断欠席も珍しくなかったとか。ここ何カ月かはほとんど登校してなかったみたいですよ」

「産んでそのまま捨てるつもりだったんですかね」

柴崎は眉間《みけん》に皺《しわ》を寄せて言った。

「そうかもしれんな。産科にもかかってなかったんじゃないか？　回復を待って事情を訊いてみないことには……ああ、鑑識だ」

浅井の視線の先を見やると、鑑識員が二人やってくるのが見えた。

助川は、鑑識に近付いていく浅井に、

「署に戻って署長に報告してくる。浅井、マスコミは遠ざけておけよ」

と硬い口調で命じた。

署では正面玄関に三人の記者が待ちかまえていた。あとであとで、と繰り返しながら切り抜けて、助川と柴崎は署長室に入った。

助川の報告を聞きながら、小笠原の表情がどんどん曇っていく。

「二人は助かりそうなのか？」

小笠原が落ち着かない様子で言った。

「搬送先の連絡がまだ入りません。おい、浅井に電話してみろ」

助川に命じられて柴崎は携帯電話を取り出し、浅井の携帯を呼びだした。ツーコールで出た。

「先ほどの母子《おやこ》、搬送先は見つかりましたか？」

「いや、まだのようだ。救急隊から連絡がこない」

柴崎は携帯の下部を手で押さえ、

「搬送先、まだ見つかっていないようです」

と、二人に告げた。運ばれてから四十分は経過している。女子高生の方は意識がない。一刻を争う事態のはずだ。ここ数年、都内の産科は目に見えて減っている。そこにもってきて、未受診の母親と産み落とされた嬰児《えいじ》。受け入れてくれる病院は限られてくる。

「貸せ」

助川が柴崎の手から携帯を奪い取った。

「浅井、わかってんだろうな。これで女子高生と子どもを死なせようもんなら、マスコミのいい晒《さら》し者だぞ。勝手に産み落としたバカも悪いが、受け入れ拒否でたらい回しにしたあげく、死なせたりしたら、どうなる？　ここぞとばかり、警察と管内の病院を責め立ててくるぞ。無理やりでも突っ込めって伝えろ」

助川はそう言い捨てて電話を切った。

十五分後、柴崎の携帯電話が鳴った。浅井からだった。

「はい……わかりました。吉岡記念病院ですね」

電話を切ると、助川は詳細を問うこともなく、早口で指示を出した。

「よし、病院に刑事課の人間を行かせろ。女子高生の家にはもう着いてるな？　マスコミには何も喋《しゃべ》るなって伝えろよ」

柴崎は一瞬、逡巡《しゅんじゅん》するように間を置き、

「吉岡記念病院では、義父が総務部長をしておりますが」

と告げた。

助川はすぐ合点がいったらしく、手を打った。

「そうだったな、山路さんがいた。ちょうどいい、おまえ、一足先に行って様子を見てこい」

珍しく頰を緩ませて、柴崎の肩を軽く叩《たた》いた。

2

午後七時すぎ、柴崎は吉岡記念病院へ向かった。

池野亜紀の自宅へ出向いた捜査員によれば、両親は亜紀が幼い頃に離婚し、亜紀と二歳下の弟は、父親と三人で暮らしているという。父親は飲食店勤務で夕方から朝までの仕事に就いており、子どもたちとはすれ違いの生活だったため、娘の妊娠にもまったく気づいていなかったようだ。浅井が電話を入れたときも、父親は仕事に出ていたらしかった。池野亜紀の担任教師に父親の勤務先を確認した捜査員が、店に赴いて事情を話すと、ただただ驚いていたという。

病院に到着し、柴崎は救急外来へ足をむけた。空調の音が響く廊下を進む。壁には染《し》みや汚れが目立ち天井は低く、お世辞にもきれいとは言い難い。救急外来の面会受付の内側で、山路直武が背筋を伸ばしてすわっていた。

「お疲れ様です」

柴崎が声をかけると、山路は手招きをし、中へ入るよう促した。

無地のネクタイに糊《のり》のきいたワイシャツ。刈り込んでいた白髪は、心持ち長くなっている。

「ご苦労さんだね」

奥の事務室に案内され、空いていた椅子《いす》をすすめられた。

「二人の容態はどうですか……？」

柴崎が問うと、山路は軽く握った手を膝《ひざ》に乗せて柴崎を見つめた。

「命に別状はない。赤ん坊は元気だ。母親は出血多量で搬入されたときには意識がなかったようだが、今は落ち着いている。二人とも産科病棟にいるが、すぐに話を聞くのは無理だろう」

「池野亜紀の父親が来てますよね？」

「ああ、となりの会議室で待ってもらってるよ。話を聞くといい」

山路はそう言いながら腰を上げると、先に立って歩き出した。病棟の奥にある部屋の前で足を止め、目でドアを指し示した。柴崎はノックをして、入った。

瘦《や》せた男が背を丸めるようにすわっている。

「失礼します。わたし、綾瀬署の柴崎と申します。池野亜紀さんのお父様ですね？」

そう呼びかけると、男は脂気《あぶらけ》のない髪に手をやり、上目遣いに柴崎の顔を見た。

「そうです……」

答える男の目に落ち着きはなかった。所在なげにあちこちに動いている。柴崎はテーブルをはさんで、向かい側に腰を落ち着けた。はだけたジャンパーの下から、油で汚れた調理服がのぞいている。

「今日のことはお聞きになったと思います。娘さんが妊娠していることはご存知でしたか？」

「いえ……自分は仕事が夜なもんで、娘や息子が学校から帰ってくる前に仕事に出て、朝方帰ってくるもんで」

ぼそぼそと話す池野から、アルコール臭が漂ってくる。仕事中に抜けてきたはずだが、かなりきつい臭《にお》いがする。

「娘さんの高校の先生は、学校を休みがちだったと言っています。休んでいるときは家にいたんじゃないんですか？」

「いやぁ、俺が朝帰ってきても、あいつは家にいないことが多かったから……。一週間も顔見ないときもあるしなあ。どこで何やってるかなんて、わかんねえよ」

他人事《ひとごと》のように話す池野の様子に、柴崎は呆気《あっけ》にとられた。

「娘さんは産科にかかっていなかったようです。どうするつもりだったんでしょうね」

「そう……。わかんないけどね、男親なもんだから。母親がいりゃ、違ったのかもしんねえけど、出てっちゃったから」

「娘さんは、産み落とした赤ちゃんをそのまま置き去りにしたようです。死亡した場合、娘さんは保護責任者遺棄致死罪に問われる可能性が高かったんですよ。お父さん、いいですか、これは犯罪なんですよ」

柴崎は知らず知らずのうちに語気が荒くなるのを抑えることができなかった。池野はぼんやりと自分の手元を見つめている。

「子どもの父親はだれか、ご存知ですか？」

「……さあ、全然わかんねえなあ」

「心当たりは」

「ふだん話もろくにしねえからよ」

　まったく話にならない。

「……そうですか。とりあえず娘さんの容態が落ち着いたら、本人にも事情を聞きますので。今日のところはこれで結構です」

　そう言って柴崎は立ち上がった。部屋を出てドアを後ろ手に閉めると、ドアのわきで山路が立って待っていた。

「だめですね。妊娠はおろか、娘がふだん何をしているのかも全く把握していません」と、柴崎は小さく声をかけた。

「外泊してもお構いなしだったようです。父親についても心当たりがないと」

　投げやりな様子で話す柴崎に、山路は、

「そうか。父親については友達かなんかに聞いてまわれば何か出てくるだろう。本人もじきに回復するだろうしな」

と、なだめるように言った。

「池野亜紀の病室には入れませんよね?」

「まだ面会謝絶だな。若いし、体力もあるから、何日かすれば回復するだろう。赤ん坊の方は新生児室にいる。見ていくかい？」

「ええ、寄っていきます」

山路のあとをついて、三階にある産科病棟に足を踏み入れた。

通路からナースステーションに入った。奥まった一画に、ガラス張りの新生児室があった。生まれたばかりの赤ちゃんがおさまったワゴンがずらりと並んでいる。

「あの奥にいるのが池野亜紀の子どもだ。女の子だぞ」ひとつだけ、離れたワゴンを山路は指さした。「血液検査の結果が出るまで、ああして離してある。無受診だろう。母親だって、なんの病気を持ってるかわかったもんじゃないしな」

ショッピングセンターに置き去りにされていた赤ん坊は、ワゴンの中で目をつぶって安らかに眠っている。

「赤ん坊はみな、足首にICタグを付けてある。あの子も付けられた」

「とりちがえもなくなりますね？」

「ああ、タグを付けたまま病院を出ると、戸口のセンサーが感知して、病院じゅうにアラームが鳴るようにしてある」

老朽化の進んだ病院にしては、新しいシステムだ。再就職した山路が、理事長に進言して、取り入れたのだろう。

「しかし、子どもが無事で良かったですね」

柴崎がつぶやくと、山路は、

「そうだな。あ、克己は元気にしてるかね？」

と言って柴崎の顔を覗《のぞ》き込むようにした。十二歳になる孫の名前を口にすると、山路の顔に柔和な笑みが浮かんだ。辣腕《らつわん》で知られた元七方面本部本部長も、たった一人の孫がかわいくて仕方ないのだ。

「ええ、おかげさまで。いただいたお年玉で早速ゲームソフトか何か買ったみたいです」

「大丈夫か？　来月は中学の受験だろ」

「はい。毎日、雪乃に怒られてますよ」

そう言って、笑いかけたところへ、看護師が「失礼します」と声をかけて柴崎のうしろにあるドアを開けた。

「あ、名倉《なぐら》さん」

山路は新生児室に入ろうとした看護師を呼び止めた。

「令司くん、紹介するよ。看護師の名倉恭子《きょうこ》さんだ。新生児室の担当をしている。優秀な看護師だから、池野亜紀の赤ちゃんも安心だ。こちら、娘の旦那《だんな》の柴崎君だ」

名倉は柴崎に向かって微笑《ほほえ》みかけた。

「名倉です。山路さんにはいつもよくしていただいています」

そう言って、名倉はぺこりと柴崎に頭を下げた。柴崎と同じく三十代後半くらいだろうか。前髪をあげて後ろでひとつにまとめたヘアスタイルには清潔感がある。看護師らしい、だれにでも安心感を与える笑顔の持ち主だった。

遅れて到着した刑事課の小林俊司《こばやししゅんじ》係長を職員に引き合わせて、おおまかなことを伝えた。小林係長は五十歳になる強行犯捜査のベテラン刑事。留置人のことで、日に一度は話をする仲だ。

その足で署に戻った。小笠原と助川に報告したのち、柴崎が官舎に帰り着いたのは、午後九時をまわっていた。

外の寒さで、身体《からだ》の芯《しん》まで冷え切っていた。

念入りに手と顔を洗い、うがいをした。上着を脱いで部屋着に着替え、台所のテーブルにつく。好物のおでんだった。端に置いてある熱燗《あつかん》を手酌で注《つ》いで口に運ぶと、思わず吐息がこぼれた。

「お父さん、どうだった？」

妻の雪乃が問いかけてくる。

「電話あったのか？」

「ええ、お母さんからね」

「お義父《とう》さんの病院でよかった。何かあったらすぐに連絡してもらうよう頼んできた」

「大変だったわね。でも、うちのお父さん、張り切ってるんじゃない？」

「まあ、そうかもしれない」

「あなた、専任になるわよ」

もうなっていると柴崎は思った。この自分が、産み落としの後始末とは情けない。

「しかし、産科にもかからないでトイレで子どもを産む女子高生って、信じられるか？　娘の妊娠に気づかない父親も父親だ」

柴崎が呆《あき》れたように話すのを、雪乃は神妙な様子で聞いている。

「子どもの父親はわかったの？」

「いや、まだ。ひとまず同級生から話を聞いて、交友関係を洗っていくことになると思う。回復したら、本人からも話を聞く」

非常識な若き母親と、無責任なその父親。

あの二人にこの先も関わらなければならないかと思うと、知らぬ間にため息が洩《も》れた。

この事件が決着するまで、中田の件は先送りにするしかなさそうだ。

3

〈高校生がトイレで出産、母子ともに無事〉

翌日水曜日の朝刊には、池野亜紀の産み落とし事件が載っていた。午後一時半、留置場の監視業務を終えて自席に戻ると、刑事課長の浅井が待ちかまえていた。

「おい、赤ん坊の父親がわかったかもしれんぞ」

「だれなんですか？」

「同級生に聞き込みをしたらな、池野亜紀と交際していた男子生徒の名前があがった。たったいま、署に連れて来た。おまえ、事情聴取してみる気はないか？」

副署長の助川がにやにやして、こちらを見ている。

この際だ。引き受けてみるしかないだろう。

「わかりました」

「池野亜紀の血液型はA型、生まれた赤ん坊の血液型はO型、そして、そいつの血液型はO型だ。父親であってもおかしくないだろう」

男子生徒の説明を聞いたのち、浅井とともに二階に上がった。浅井はその取調室のドアをノックもせずにいきなり開けた。

制服を着た若い男が、ふんぞり返るように椅子に腰かけている。

柴崎は向かい合って腰かけると、目の前にいる男に声をかけた。

「竹本裕樹《たけもとひろき》君、だね。池野亜紀さんが昨日トイレで女の子を出産して、病院に運ばれたことは知ってる？」

池野亜紀と同じ高校に通っているという。学年は亜紀のひとつ上、三年生らしい。金髪がまだらに混じった髪を長く伸ばしている。ネクタイはだらしなく結び目が緩み、ゴールドのネックレスが胸元に見え隠れしている。柴崎を一瞥《いちべつ》したきり、返事をしない。

「君が子どもの父親ではないかって情報があるんだけど」

やや語調を強めた柴崎に、竹本はちらりと視線をよこしただけだった。

「話してくれないと帰れないよ。池野さんが妊娠したと思われるのは去年の三月頃だ。その頃、君たちは交際していたというじゃないか」

「……だれに聞いたんだか知らねえけど、池野と付き合ったことなんかねえよ」

竹本裕樹は目を細め、柴崎を睨《にら》みつけながら言った。

「池野さんの同級生に聞いたら、君の名前が出てきたんだけどな」

「何回かヤッたけど、あいつ、そんな男たくさんいるだろ」

柴崎は顔を上げて、ドア近くの壁にもたれかかっていた浅井に目をやった。「つづけろ」とでも言うように顎《あご》をしゃくっている。

「去年の三月頃は関係を持った？」

「んなこと憶《おぼ》えてるわけねえだろ」

そのとき、浅井が部屋中に響き渡るような大声で言った。

「じゃあ、DNA鑑定するしかないな」

竹本裕樹は一瞬びくっと体を震わせ、浅井を振り返った。

「憶えてないんなら仕方ないだろう。おまえが父親かどうか確かめるまでだ。唾液《だえき》だけですぐわかるから、簡単なもんだよ」

竹本の顔がこわばり、困惑した目で柴崎を見やった。

二日後の金曜日、浅井がやってきて、いくぶんばつが悪そうな顔で柴崎と助川に告げた。

「竹本裕樹じゃなかったよ」

「父親じゃなかったんですか？」柴崎は訊《き》いた。

「ああ、ＤＮＡ鑑定の結果が出た。またふりだしだ」

「竹本は、池野亜紀が複数の男と付き合っていたように話していましたよね。他の男の名前は出てこないんですか？」

「同級生からは出てこない。おかしいよなあ」

浅井は首をひねった。

「こうなりゃ本人に聞くしかなさそうだな」助川が口をはさんだ。「柴崎、山路さんに聞いてみてくれないか、池野亜紀の容態」

柴崎は仕方なく、吉岡記念病院の山路の直通番号に電話をかけた。

「令司です。すみません、お忙しいところ。池野亜紀の容態はどうでしょうか。子どもの父親がまだ分らなくて。本人と話をしてみたいんですが」

柴崎はしばらく相槌《あいづち》を打ち、

「わかりました。じゃあこれから伺います」

と言って電話を切った。二人に向かって、

「だいぶ落ち着いたようで、院内を歩いたりはしているそうです。短時間なら話してもいいと医師からも許可が出たそうです」

そう告げると、浅井は勢いよく、

「よし、行くぞ」

と柴崎を急《せ》かした。

産科病棟では、山路と看護師の名倉が入口で立ち話をしていた。山路はすぐ柴崎に気づいた。

「おお、令司くん。そろそろ来るかと思って待っていたんだ」

「こちらこそ、お世話になります。で、母子《おやこ》の様子はどうですか？」

「ふたりとも病気の感染はなかったぞ。ただし、母親の亜紀はひどいぞ。赤ん坊と添い寝させても、顔をそむけたままだし。五分しないうちに連れてってよとくる。母親の自覚、ゼロだ」

「そうですか……」

「亜紀から話を聞くのはいいが、まだ体力も戻りきっていないから、念のため名倉さんに同席してもらってもいいかな？」

と言って、名倉を一瞥した。名倉はすまなそうな顔で柴崎を見ながら、

「すみません。池野さん、まだ疲れやすいみたいなので心配で……。お邪魔にならないようにしますから」

と言って頭を下げた。

「もちろん結構です。無理のない範囲で事情を聞こうと思います」

浅井とともに池野亜紀の病室に入った。亜紀はベッドの背もたれを起して、雑誌を読んでいた。ティーン向けのファッション雑誌のようだ。

浅井が柴崎の顔を窺《うかが》い、小さくうなずいた。おまえがやれということか。

「こんにちは。綾瀬署の柴崎といいます。ちょっと話を聞かせてくれる？」

ベッドの傍らにある丸椅子《まるいす》に腰かけた柴崎を一瞬見ただけで、亜紀はすぐ目をそらした。

「赤ちゃんにはもう会った？　元気そうだったね。もう名前は考えてある？」

「話って何ですか」

亜紀は顔を背けたまま、面倒くさそうに言った。

柴崎は少しの間迷うように黙り込んだのち、

「妊娠していたことは分かっていたよね。どうして病院に行かなかったの？」

と尋ねた。

「別に、なんとなく」

「産んだときのことは憶えてる？」

「急に具合が悪くなったからシマオカに入っただけ。あとは憶えてない」

「子どもを産んで、どうしようと思ったの？」

「だから憶えてないってば！」

亜紀は叩《たた》きつけるように言うと、窓の方に顔を向けた。

たまらなそうに、浅井が声をかけた。

「子どもの父親はだれなのかな？」

「知りません」

「知らないってことはないでしょう」

「ナンパされた人とホテルに行ったりとか何度もあったし、だれが父親かなんて分かりません」

浅井が言葉を失って黙り込むと、亜紀は勢い込んで、

「別にだれだっていいでしょう。わたしが一人で育てればいいんだから。あんたたちに何か関係あるわけ？」

と一気にまくし立てた。息があがっている。

柴崎は名倉に目をやった。亜紀の言葉のせいだろう、名倉は目を見開いて顔をこわばらせていた。柴崎の視線に気づいた名倉は、慌《あわ》てて亜紀の傍《そば》にまわり、背中をさすりだした。

「まだ体調が万全じゃないので、このくらいで……」

名倉に言われ、浅井とともに部屋を出た。柴崎は、ため息を吐《つ》きながら、

「どうしますか」

と、浅井に問いかけた。

「この分だと父親を探すのは難しいな。赤ん坊は元気なわけだし、一人で育てるって言うものを警察が止めるのもおかしな話だ」

浅井は、先に立って歩き出した。

心配げな顔をした山路が近づいてきた。

「どう？　父親はわかった？」山路は言った。

「だめです」

山路は思い詰めたような表情で切り出した。「ここだけの話だけどね。うちは産後は平均して、一週間で退院していくんだよ。池野亜紀も回復してきたし、子どもの健康状態は良好だし、そろそろ退院の目処《めど》をつけてもいいかなと思ってる」

山路としても、早く退院させたいのだろう。

「こちらでかかった医療費は？」

「亜紀の父親に請求するしかないだろ。普通はこんなことしないんだが、名倉さんに家まで行って説得してもらったよ。出生届も書かせたし」

「助かります」

「赤ん坊の名前は美帆《みほ》だと。美しいに帆掛け船の帆」

美帆……。

いい名前だ。

山路が海をことのほか好きなのを柴崎は思い出した。克己がまだよちよち歩きの頃、夏になるとよく、千葉の勝浦に連れて行ってくれたものだ。

「お義父さんがつけたんじゃないですか？」

冗談交じりで、そう言うと、山路は柴崎をにらみつけた。目が三角になっていた。何か、悪いことでも言ってしまっただろうか。

「彼女のアイデアだ」

「彼女？　名倉さん？」

山路はこっくりとうなずいた。

かつて練馬区の病院にいた名倉に、転職先としてこの病院を紹介したのは山路だという。最近は、どこの病院でも看護師のぶんどり合戦だよと山路は自嘲《じちょう》気味に洩らした。


捜査が長びく気配が増してきたその夜、柴崎はしばらく脳裏から追いやっていた中田のことを思った。

脅すネタは手に入れた。あとは封筒に入れて送りつけるだけでいい。中にあるものを見て、中田は腰を抜かすにちがいない。あとは電話一本で済むはずだった。

〝暴露されたくなければ、この自分を本庁へ戻すよう手配しろ〟と。

ふと、自殺した木戸和彦巡査部長のことが頭をよぎった。彼も、得体の知れない何者かに不倫の現場写真を自宅に送りつけられて鬱病《うつびょう》になり、自殺を遂げた。自分もいま、それと同じ行為に手を染めようとしている。

ここまできたのだ。やるべきことはやる。自分が受けた仕打ちに対する正当な行為だ。相手に代償を求めて何が悪い？　もっと割り切って考えなければ、この先、何の展望も生まれないではないか。何を迷っているのだろう、この俺は。

池野亜紀が援助交際をしていた、との情報がもたらされたのは、週のあらたまった月曜の夕刻だった。捜査員が同級生や出入りしていたクラブの遊び仲間に聞き込みをした結果だ。

助川とともに浅井の報告を聞きながら、柴崎はあの女子高生ならやりかねない、と眉《まゆ》をしかめた。

「……そうなると赤ん坊の父親が援助交際の相手という可能性もあるわけですね」

柴崎は報告を終えた浅井に言った。

「ああ。別の犯罪が出てきたってことだ」

「池野亜紀を買った男についても捜査しないといかんぞ」助川があいだに入った。

「また本人に聞くんですか？　話しませんよ、きっと」浅井が答える。

「まあ仕方ないだろう」助川が言った。「柴崎、もう一肌脱いでくれ。山路さんに助《すけ》っ人《と》をたのもう」

何をどう、たのむのだ。しかし、ふたりの手前、引き受けるしかなさそうだ。

「わかりました」

柴崎はその場で山路のデスクに電話を入れた。

山路はすぐに出た。

「お義父《とう》さん、柴崎です。実は、池野亜紀が援助交際をしていたようなんです」

「……そうか」

「もしかしたら、相手の男が父親かもしれません。また本人に事情を聞きたいんですが」

「わかった。名倉さんに話しておく。明日でもいいか？　今日は面会時間を過ぎてるし、本人は逃げる心配もない」

「かまいません」

「じゃ、午後いちばんで頼む」

「了解しました」

柴崎は電話をおくと、しばらく宙を見つめた。わずか十七歳で、父親がだれなのかわからない子どもを身ごもり、その子どもをショッピングセンターのトイレで産み落とし、立ち去ろうとした。産み落とした赤ん坊の父親は、援助交際で出会った男のうちのひとりかもしれないという。

常識では考えられないことが現実に起きている。その捜査を自分が担当していること自体、柴崎には信じがたかった。本庁企画課にいた頃には、想像もできなかった事態だ。しかし、見て見ぬふりをしているわけにはいかない。すべて、自分の職域で起きていることなのだ。人の命と人生がかかっている。ここで、放り出すことなどできる相談ではなかった。

4

翌日。

昼前、署長室で課長会議の最中に、刑事課の小林係長がドアを蹴破《けやぶ》るように入ってきた。

「たったいま、吉岡記念病院の山路さんから連絡がありました」

小林を全員がふりかえった。

「池野亜紀の子どもがいなくなったそうです」

「なにっ」助川の声がわずかに裏返った。「母親は？」

「います。変わりないとのことです」

「どういうことだ？」

「看護師が新生児室に入ったら、池野亜紀の子どものベッドが空っぽだったそうです。今、病院中を探しているとのことですが」

柴崎は壁時計を見た。午前十一時五十分。

もう少し、早く病院に行っていれば……。

「とにかく、行ってこい」

助川が浅井に指示を飛ばすと、浅井は柴崎の肩をぽーんと叩いて、あわただしく署長室を出て行った。柴崎は書類をかき集めて、席に放り投げるように置くと、その背中を追いかけた。

病院の正面玄関はふだんと変わらなかった。浅井とともに、三階の産科病棟まで上がった。総務部長の山路がエレベーターの前で待ちかまえていた。

「すまない、大変なことになった」山路の声が硬い。

「状況を説明してください」柴崎がとりなすように声をかけた。

「看護師たちが手分けして探しているが、どこにもいない。そんなに広い病院じゃない。どこかにいれば見つかるはずなんだが……」

山路は疲れた表情で答えた。

「新生児室はナースステーションの奥にあるのが気にかかった。

「新生児室には医師と看護師以外は入れないですよね？」

柴崎が訊《き》くと、山路は力なく首をふった。

「原則的にはそうだ。授乳のときも、看護師が授乳室まで連れていく」

柴崎はあらためて新生児室を見やった。

「絶対にそうだと言い切れますか？」

「……いや、それが」山路は顔を曇らせた。「ときどき、こっそりと入るお母さんもいないことはない」

「新生児室のドアは施錠《せじょう》していませんよね？」

「いちいち、施錠なんかしていたら、緊急のときに間に合わんだろ。おまけに、朝方からお産が連続であった。ナースステーションにだれもいない時間帯も何度かあったらしい。言い訳するわけじゃないが、とにかく人手不足なんだ」

山路はそう言うと、拳《こぶし》で口元を押さえた。

「池野亜紀はどんな様子ですか？」

「寝ているところを起こして伝えた。『はあ？』と言ったきり、ろくに話さん。いつもの調子だ。事の重大さを理解していない」

「山路さん、お掛けになってください」浅井がソファーに山路を導いた。「最初から話してくれませんか？」

山路は堰《せき》を切ったように話しだした。

午前十一時半、新生児が院外に出たというアラームが産科病棟に鳴り響いた。看護師が新生児室に入って確認すると、池野美帆のベッドが空になっていることに気づいた。すぐ一階事務所にいる山路に連絡が入った。山路が駆けつけて保安システムを確認したところ、池野美帆が病院外へ連れ去られていることがわかった。産科病棟は朝から、猫の手も借りたいほどの忙しさだった。出産が立て続けに三件あり、そのうちの一件は帝王切開になって、医師と看護師は全員、分娩室《ぶんべんしつ》に入ったきりの時間帯があった……。

話を聞きながら、柴崎は背中がこわばっていくのを感じた。もしかしたら、これは大事《おおごと》になるかもしれない。

柴崎は義父に目をやった。これほど沈んだ姿を見るのは、はじめてだった。重大な事件が起きてしまったのはわかる。しかし、修羅場には慣れているのではないか。

説明が終わると柴崎は山路に切り出した。「ナースステーションに、看護師がひとりもいなかった時間はどれくらいですか？」

「十五分かそこらだと思う」

それだけの時間があれば、連れ去ることなど、容易かもしれない。

「怪しい人物を見た看護師はいない？」

「いない」

肩を落とす山路を見ながら、柴崎はいったいだれが、と思った。

ふと、池野亜紀担当の名倉看護師の姿が見えないことに気づいて、そのことを訊くと、山路は息を詰めたような感じで、

「……あっ、そうだ、休みだ……それがどうした？」

「彼女には知らせがいってないのかなと思いまして」

「非番の日くらい、きちんと休みをとってもらう」

知らせたほうがいいのではないだろうか。

「山路さん、ここにいる赤ん坊にはみな、タグがついていましたよね？」浅井が訊いた。「それに反応して、アラームが鳴ったんですか？」

「そうだ。一階正面玄関に設置してあるセンサーがタグを感知して、病院中にアラームが鳴り響いた。機械のモニター上はそうなってる」

柴崎は腕時計を見た。正午を三十分まわっている。

「玄関には監視カメラがあったと思いますが」続けて浅井が訊いた。

「ある。一階の警備室で十一時半前後の記録映像を見た。正面玄関は人の出入りが多くてね。これまでのところ、赤ん坊を抱いたような人間や、大きめの荷物を持って出ていった人間は映っていない」

「ほかのカメラは？」

「裏口と非常口からの映像も見たが、同じだ」

それだけ言うと、山路は頭を抱えるようにうなだれた。

「もう探して下さっているようですが、病院内に隠されている可能性もありますよね？」

山路はうなずいた。

「外部の人間の仕業でしょうか。前にもあったでしょう、子ども欲しさに若い女が病院に侵入した事件」

柴崎がそう言うと、浅井も同意した。

「そうだな。身代金《みのしろきん》目的の誘拐って可能性もある」

浅井は自らを鼓舞するように、よし、と言ってから、

「山路さん、看護師と手分けして、まず院内を徹底的に捜索しましょう。署の応援もあおぎますから」

そう言って、細々とした指示を出し始めた。

看護師もふくめて十人近い人数で、産科だけでなく、三百近くある病床をくまなく見てまわる。手術室や診察室も隅から隅まで探したが、池野亜紀の子どもは見つからないまま一時間があっという間にすぎた。

柴崎はナースステーションに戻った。山路は相変わらず、青白い顔ですわりこんでいた。

「最後に赤ん坊を見たのはだれですか？」柴崎は訊いた。

「看護師の山下さんだ。午前十一時頃に新生児室に入ったとき、全員ベッドにいるのを確認したらしい」

「今いる医師、看護師全員に話を聞きます。何か変わったことはなかったか、不審な人物が出入りするのを見なかったか。手の空いた人から順に呼びだして伺いますので、部屋を用意してもらえますか？」

「わかった、すぐ手配する」

山路はようやく、現役の頃に戻ったように、力強くうなずいた。

署から新たに小林係長と三人の刑事がやってきて、浅井らとともに、病院関係者への事情聴取が行われた。だが、不審者を目撃した人間はおらず、赤ん坊は依然として行方不明のまま、午後五時をまわった。

先日事情を聞いた竹本裕樹のもとにも、刑事が再び向かい、任意で取り調べを行った。だが、子どもが連れ去られたと思われる午前十一時から十二時のあいだは、竹本は学校におり、犯人についての心当たりもまったくないとのことだった。

綾瀬署に捜査本部が立ち上がった。本庁の刑事部長指揮ではなく、ひとまず所轄《しょかつ》による捜査本部だ。刑事課の全員と、生活安全課と地域課から、それぞれ五名ずつ応援が来た。会議室に集まった柴崎らは、難しい顔で黙り込んでいた。浅井の報告を聞いた助川が、

「病院関係者で、不審な人物を目撃した者はいなかった。犯行はナースステーションにだれもいなくなった瞬間を見計らって行われた。そういうことだな？」

と鋭い声で言った。

「そうです」浅井が答える。

「可能性は三つあると思われます」柴崎は思わず口にしていた。「子ども欲しさの連

れ去り、身代金目的の誘拐……」

柴崎の言葉を遮るように浅井が、

「三つめはなんだ」

と言った。

柴崎はためらいがちに口を開いた。

「池野亜紀がどこかへ連れ去った、という可能性はないでしょうか？」

「何だって？」

浅井は怪訝《けげん》そうな顔をした。

「あくまで可能性として、です。彼女なら、かりに新生児室に出入りしても見とがめられることはないでしょうし」

「それはそうだがな、池野亜紀が赤ん坊を外に連れ出すことができるか？　しかも赤ん坊をどこかへ連れて行って、自分は病院に戻ってきたってことになるぞ。実際無理だろう。その間、だれが面倒を見るんだ？」

平気で赤ん坊を産み落とすような女だ。今回の連れ去りにも関わっている可能性が高いのではないか。

「……彼女の知り合いならできます」

「池野亜紀は、赤ん坊の面倒をみるのが嫌だった」浅井が静かな口調で言った。「だれかとぐるになって、連れ去ったということか……」

「ええ」

「おまえ、池野亜紀を取り調べたのか？」

「いえ、わたしです」小林係長が立ち上がった。

「彼女はなんと言ってる？　犯人がいるとして、心当たりはないのか？」

「犯人について、何も心当たりがないと言っていました。午前十一時から十二時までは、病室で寝ていたと」

「証明できる人間は」

「犯行推定時刻にはだれとも会っていません。十二時半に看護師が昼食を運んだときにはベッドにいたそうです」

署長の小笠原が不安そうに、助川の顔を見ている。

「柴崎、とにかくもう一度、池野亜紀に話を聞いてみろ。携帯を借りてメールや連絡先をメモしておけ」

「わかりました」

「何といっても、池野亜紀の周辺が臭い。ほかは、もう一度、徹底的に聞き込みをかけろ」

「了解しました」

助川の言葉を潮に、全員が席を立った。

夜八時。柴崎が池野亜紀の病室を訪ねると、先客がいた。看護師の名倉だった。知らせがいったのだろう。

柴崎は中に入らず、開かれたドアの脇《わき》に立って様子を窺《うかが》った。

「赤ちゃん、心配ね。お母さんだもの、だれよりも不安よね。早く見つかるといいんだけど……」

そう言って、名倉は背を起こしてベッドに入っている亜紀の顔を覗《のぞ》き込んだ。亜紀が不安がっていると思い、様子を見に訪れたらしかった。だが亜紀は、そ知らぬ顔で窓の外を見ている。

「わたしたちの責任です。新生児室をきちんと見張っていなかったから……本当にごめんなさい」

「……いいのに」

小さな声で亜紀が何か言った。

「え？」

名倉にも聞き取れなかったようで、聞き返している。

「このまま戻ってこなきゃいいのに」

亜紀ははっきりとそう言った。

「どうしてそんなこと言うの？　あなたが産んだ子どもじゃない！　心配じゃないの？　かわいいと思わないの？」

名倉は次第に興奮したように声を高めている。

「なんなの、うるさい。自分が産んだら可愛《かわい》いって思わなきゃいけないの？　別に子どもなんか欲しくなかったし」

亜紀が面倒くさそうに言った。名倉は黙っている。

――やはりこの子は赤ん坊を邪魔に思っている。

柴崎は改めて確信した。体調が回復したら、彼女は否《いや》でも応《おう》でも母親にならなければいけない。それが嫌で、知り合いに頼み、子どもを改めてどこかへ置き去りにしたとしたら――。亜紀から話を聞く必要は大いにあると思われた。柴崎はドアの脇を拳《こぶし》で軽く叩《たた》いた。

「すみません、ちょっと池野さんにお話を聞きたいのですが」

声をかけられた名倉が柴崎をふりかえった。

「あ、すみません」

とばつの悪そうな顔で一礼し、慌《あわ》てて部屋から出て行った。少し、目のふちが赤らんでいた。

柴崎はあらためて池野亜紀とむきあった。

「池野さん、赤ちゃんを連れ去った人間に心当たりはない？」

亜紀はうんざりした様子で、

「またその話？　ないって何度も言ってるでしょ」

「例えば、子どもの父親が連れ去ったっていう可能性はないかな？」

「そんなのだれかわかんないってば。相手だって、知らない間に自分の子が生まれてるなんて思ってもいないよ」

「ちなみに今日の昼、君は何をしてたの？」

「寝てた」

亜紀はそう言って、「もう疲れたから出てってくんない？」と付け加えると、ベッドの背もたれを倒して横たわった。

「君の携帯を貸してもらえないかな？」

「どうして、貸すんだよ」

不毛なやりとりだった。子どものためを思えばどんな些細《ささい》なことでも話すだろうが、そもそも亜紀には子どもへの愛情がない。自分が産んだ子が行方不明であることにも、さしたる関心はないのだ。

柴崎が病室を出たところで、山路とすれ違った。

「令司君、また来てくれたのか」

「はい」

「何か手がかりはあった？」

「いえ、今のところは」柴崎は池野亜紀の病室を指した。「いま、彼女から話を聞きました。相変わらず他人事《ひとごと》です」

「そうか……」

「名倉さんが、彼女が落ち込んでいるんじゃないかと心配して様子を見に来てくれていたんですよ。全く逆ですね。『子どもがもどってこなきゃいいのに』なんて言うんですから」

「名倉さんが、病室に来てたのかい？」

「彼女に知らせたんじゃないんですか？」

怪訝そうに聞き返す山路を不思議に思い、柴崎は尋ねた。

「あ、そうかもしれん、きっとそうだな。だれかが気を利《き》かせて、事件のあったことを伝えたんだな。とにかく、何かわかったらすぐに知らせてくれ」と柴崎の肩を叩くと、疲れた足取りで歩き去っていった。

反対側から、院内の聞き込みにあたっていた小林係長がやってきた。

「代理、院内の監視カメラが撮った映像を見てきましたよ」

「不審者はいましたか？」

「いや、これといったものはなかった」

「新生児室にも監視カメラがあったはずでしょ」

「今日はたてこんでいて、見ているような人間はいなかったようです」

「録画は？」

「あそこに限って、録画機能はついてないですよ。ナースステーションのモニターに映るだけですから」

もともと、病院に豊富な資金があるわけではない。山路はできる範囲内で、病院の保安態勢の向上に努力していたにちがいない。だが悪意があれば、どんな保安システムであろうが、破られてしまうはずだ。

5

翌日も五人の警官を増員して捜査に当たらせた。相変わらず、身代金《みのしろきん》を要求する電話はなかった。産科病棟の看護師や助産師、医師をはじめとして、入院していた十五人の妊産婦からも、分単位で連れ去り事件の発生した時間帯について訊《き》いた。この日は、出産予定の妊婦が三人いた。午前中、そのうちの一人が帝王切開になって、ナースステーションには、看護師や医師がいなくなった時間帯が二十分近くも存在していたことがわかった。

池野亜紀による犯行の線も薄くなる一方だった。任意で提出させた携帯電話には、怪しいメールもなく、疑わしい人物へかけた形跡もなかった。履歴を削除した可能性もあり、携帯電話会社で調べたが、不審な点はなかった。

近隣の乳児院や保育所で、新生児の遺棄もなし。周辺の病院や関係機関に捜索の手を広げたものの、それらしい赤ん坊は見つからなかった。

一刻の猶予《ゆうよ》もない事態になっていた。昼前、署長室に幹部が集まり、本庁の捜査一課へ正式な応援要請を入れようとした矢先のことだった。

刑事課の小林係長があたふたと二階から下りてきて、署長室に飛び込んできた。

「赤ん坊が置き去りにされてるって通報がありました！」

大声で言われて、柴崎は腰を浮かせた。

「どこで？」署長の小笠原も席から立ち上がった。

「東綾瀬公園です。ゲートボール場のベンチだそうです。うちに直接、男の声で通報が入りました」

「刑事課に直接？　どういうことだ？」助川があいだに入った。

「わかりません」

「まあいい、赤ん坊が先だ」そう言うと助川はさっと柴崎に目をくれた。

望むところだった。

柴崎はうなずいて、

「行ってまいります」

と席を立った。

柴崎は地域課の前で、ＰＣを出せと怒鳴り声を上げて正面玄関に向かった。その赤ん坊が、池野亜紀の子どもだろうか――。

期待と不安が入りまじる。

東綾瀬公園は近い。一キロにも満たない。千代田線の高架わきを走らせた。不安が頭をもたげてきた。この寒さだ。まさか……死んではいないだろうか。

公園にあるテニスコート場の横に出た。アパートの駐車場にパトカーを停めさせ、飛び出した。道路から直接、ゲートボール場に入る。人っ子ひとりいなかった。砂ぼこりの舞い上がる地面を蹴《け》って、ゲートボール場を横切った。屋根の付いたベンチのひとつに、白っぽいものが見える。

柴崎の心臓が激しく鼓動していた。あれか。

弱々しい泣き声が聞こえる。

――いた。

近付いて覗き込む。赤ん坊はぎゅっと目を閉じたまま、小さな唇を動かして泣いていた。病院にいたときと同じ産着《うぶぎ》だ。そのうえから薄いベージュのブランケットが巻かれている。

池野亜紀の子どもと思われた。ブランケットをめくると、足の裏に「池野亜紀」とマジックで書かれている。足首につけられていたはずのICタグはない。柴崎はこわごわ赤ん坊を抱き上げた。片手で携帯を持ち、浅井に電話を入れる。

「いました」

「よしっ」浅井の声は弾んでいた。「無事か？」

「はい、元気です」

「怪しい奴《やつ》は？」

柴崎はそのまま、あたりをうかがった。パトカーの乗務員が駆けつけてくる。人といえば、それだけだ。

「周囲にはだれもいません」

「捜査員を向かわせてるぞ。おっつけ着く。赤ん坊は婦警にあずけろ。そのまま病院に向かわせる。おまえは、そこに残って公園の聞き込みにあたれ。ひょっとしたら目撃者がいるかもしれん」

「了解。あっ、浅井課長、通報者は男だったんですよね？」

「そうだ、男だ」

「刑事課で電話を受けたのはだれですか？」

「盗犯の係員だ」

「どうして、刑事課にかかってきたんですか？」

「俺に聞くなよ、そんなこと」

署の代表電話にかけてくれれば、自動的に録音されるが、刑事課への直通電話は録音はされない。

「柴崎、おむつには触るなよ。ホシの指紋が付いているかもしれん」

言われて、柴崎は赤ん坊の産着をまくり上げた。

生白い裸の股《また》がさらけ出された。すっぽんぽんだ。

寒さを感じたのか、赤ん坊が甲高く泣きだした。あわてて、産着を戻す。

「どうした？」

「つけてません……」

「おむつをか？」

「はい。産着の下は、何も着ていません」

「わかった」

浅井はそう言って電話を切った。

後ろ手にある道路に、捜査員の乗った車が続々と到着してきた。


一時間後、柴崎は吉岡記念病院に着いた。まっすぐ、三階の産科病棟に上がった。

ナースステーションで、顔見知りの看護師に赤ん坊の具合を聞いた。

「大丈夫です。何も異状ありません。体も冷えてなかったし、長いこと公園に置き去りにされていたわけではないと思います」

「よかった」

柴崎はそう言って一階の総務部長室に下りた。ノックをして中に入ると、山路が腰を浮かせた。

「おお、令司君、ほっとしたよ。ご苦労さんだったね」

そう言って山路は、柴崎に笑いかけた。

「まずは一安心です。連れ去りの犯人を一刻も早くあげるよう努めます」

「そうだな。何か有力な目撃証言が出てくるといいが」

「この寒さで、公園にはほとんど人がいませんでした。ですので、期待はできませんが……」

だから、柴崎も聞き込みをやめて駆けつけたのだ。

「あんな寒空のベンチだもんなあ」

遠くを見るような目で、ぽつりと山路はつぶやいた。

「おまけに赤ん坊はおむつをつけていませんでした」

山路の反応はなかった。

「赤ん坊のこと、くれぐれもよろしくお願いします」

山路は、はっと気がついたように、

「まかせてくれ。新生児室の管理を徹底させて、ナースステーションには常に看護師がいるようにする」

柴崎は部屋を出ると、ふたたび三階に上がった。亜紀の様子も見ておきたかった。

廊下で看護師の名倉とすれちがった。後ろから、

「もう治ったんですか？」

と、若い女性の声がした。柴崎が軽くふりむくと、二十代半ばくらいの看護師が、名倉に向かって微笑《ほほえ》んでいた。

「うん、ごめんね、迷惑かけて。ただの風邪だったみたい」

名倉はにこやかにそう答えながら、ちらりと柴崎の方に目をやった。瞬間、その表情が硬くなるのを、柴崎はみとめた。名倉はかすかに微笑み、立ち去っていった。

——あの表情は、なんだろう。

まずいことを見られたり、聞かれたりしたかのような顔だった。あのやりとりから推察するに、名倉はごく最近、体調を崩して欠勤したのだろう。それを柴崎に聞かれたことで、なぜあそこまで顔をこわばらせたのだろうか。柴崎は名倉の後ろ姿を見送ると、足早にナースステーションへ向かった。

すわっている看護師に、

「名倉さんって今日出勤されていますか？」

とさりげないふうを装《よそお》って、尋ねた。ここで怪しまれてはならない。看護師は柴崎を見やると、

「おりますよ。呼びましょうか？」

と答えた。

「あ、いえいえ、体調を崩されたと聞いたので、大丈夫かなと思って」

柴崎はしらばっくれて、顔の前で軽く手のひらを振りながら言った。

「そうなんですよ。風邪だったみたいで、昨日からお休みだったんですけど、お昼前に出てきました」

昨日から？　昨日は正式な休日ではなかったか。山路は非番だとはっきり言っていた。それに、昨夜も病室に来ていたではないか。あのとき、風邪らしい様子はなかったが。

「……なるほど」

柴崎はそう言って微笑むと、会釈《えしやく》してナースステーションを後にした。

その後も犯人について捜査は続けられた。だが、亜紀の周囲の人物にも犯行を疑わ

せるような者はおらず、有力な目撃証言も出てこなかった。

名倉恭子のことが頭から離れなかった。昨日から今日にかけての名倉の行動はおかしい。昨日は手が回らないほど忙しい日だったにもかかわらず、名倉は風邪で休んでいる。しかし、夜には病気をおして見舞いに訪れている。あのとき、少しも体調を崩している感じはしなかった。それに、さっき見た顔……。柴崎はふくらんでくる疑念を抑えることができなかった。

——ひょっとして、連れ去りの犯人は、名倉ではないか。

赤ん坊を連れ去った当日、名倉恭子は休みだった。ナースステーションに看護師がいなくなった隙《すき》をついて池野亜紀の子どもを連れ去り、そのまま姿を消す……。できないことではない。ここに勤める名倉なら、タイミングを見計らうことは難しくないだろう。

だが、動機がわからない。柴崎は首をひねった。名倉恭子が赤ん坊を連れ去ったりなどするだろうか。あの献身的な働きぶりを見ている限り、赤ん坊に危害を加えたり、誘拐して身代金を要求しようと企《たくら》んだとは思えない。現に赤ん坊は無傷で返ってきている。

——赤ちゃん、心配ね。お母さんだもの、だれよりも不安よね。

ふいに、名倉恭子が病室で亜紀に話しかけていたときのことが思い出された。亜紀の表情を読み取ろうとするかのように、顔を覗《のぞ》き込んで話しかけていた名倉。

名倉は、子どもに愛着を示さない池野亜紀を、強引なやり方で変えようとしたのではないだろうか。子どもに対して無関心でいる亜紀でも、いなくなればさすがに心配になるに違いない——。母親として、愛情と自覚をもってほしい。そんな思いが名倉にはあったのではないか。

柴崎は知らず知らずのうちに小刻みにうなずいていた。

だが、もうひとつ引っ掛かることがある。赤ん坊が公園に置き去りにされたことだ。亜紀が、子どもに対する投げやりな態度を変えた様子はなかった。なのになぜ、名倉恭子が犯人だとしたら、彼女はなぜ、子どもを返したのだろうか。

——もしかしたら、協力者がいるのか。それとも、名倉を説得して子どもを返させた人間がいるのか。

夫か、恋人か、それとも……。あれこれ考えながら歩いているうちに、いつの間にか病院の出口まで来ていた。

病院の玄関を出ると、身がすくむような冷たい風が吹いていた。こんな寒い冬の日、一歩間違えれば、池野亜紀の子どもも無事ではなかったかもしれない。ふたたび安堵《あんど》する柴崎の脳裏に、先ほど交わした山路との会話が甦《よみがえ》った。

——あんな寒空のベンチだもんなあ。

山路は、赤ん坊が置き去りにされていたのが「東綾瀬公園のゲートボール場のベンチ」だと、だれから聞いたのだろう。浅井から電話で聞いたのだろうか。だが……山路のあの言い方。まるでさっき見てきたような口ぶり。

ふと、そのことに思い当たって、柴崎は慄然《りつぜん》とした。

もし、名倉が犯人だったとしても、この季節だ。おむつはつけたままにしておくのが自然であるような気がする。しかし、そこには往々にして指紋が残ることがある。警察にしかわからないような情報だ。彼女にそのことをアドバイスできる人間がいたとしたらどうだろう。

それが山路だったとしたら……。

柴崎はぞっとした。その一方で、仮にそうだとすれば、通報の問題は簡単に説明がつく。刑事課の電話番号を知っていたことも山路なら納得できる。一一〇番にかけて録音される危険を避けることができるのだ。ひょっとして、山路は名倉のアリバイが成立するように勤務中の時間を選んで、山路自身が赤ん坊を公園に置いたことも考えられた。おむつも山路が持ち帰ったかもしれない。

だが、なぜ義父が？　柴崎は首をかしげた。どの時点から名倉の共犯者になったのだろうか。名倉のことは、ずいぶん昔から、知っていたような口ぶりだった。山路自身が転職の口利《くちき》きをしたのだから。

美帆の名付け親のことを尋ねたときもそうだ。山路はひどく、気分を害されたような感じだった。思い返せば返すほど、不自然に思える。

何かの拍子に山路は名倉が犯人であることを知り、説得して自分が赤ん坊を戻す役目を買って出たのだろうか。名倉を、自分の勤務する病院の看護師を犯罪者にしないために——？　それとも別の理由があるのか。

名倉恭子への疑念は、まだだれにも話せない。それはそのまま、山路の、そして柴崎自身の破滅に繋《つな》がるかもしれない。だれにも気取《けど》られないように、この疑いが、自分自身の思い込みなのか否《いな》か、確かめなくてはならない。

山路は、常に柴崎の心強い後ろ盾になってくれていた。本庁の企画課に配属されたのも、刑事より総務部門を強く志望していた柴崎の意向をくんで、山路が働きかけてくれたおかげだった。その山路がもし、名倉恭子の犯罪に加担していたとしたら……。

柴崎は、今出てきたばかりの病院を仰ぎ見た。薄暗い空に溶け込むように、灰色の病棟が聳《そび》え立っていた。

6

一月二十三日土曜日。

連れ去り事件が発生して二週間近くがすぎていた。柴崎は捜査から外れて、通常業務に戻っていた。これまでのところ、事件はマスコミに洩《も》れずに済んでいるが、いずれ嗅《か》ぎつけるだろう。

散発的に上がってくる捜査情報を柴崎は用心深く聞くしかなかった。奇妙な事件だった。犯行に慣れたプロによる仕業のようにも見えるが、身代金《みのしろきん》の請求はなく、ひと晩であっけなく赤ん坊は戻ってきている。

置き去りにされていた東綾瀬公園ゲートボール場近辺での不審者の目撃情報はいまだにゼロ。置き去りにされていたベンチ付近では、複数の指紋と足跡が見つかった。ほとんどが、ゲートボール場に来る老人たちのものであることが判明した。ほかはまだ、特定できていない。池野亜紀による犯行の可能性も依然として除外できないままだ。

病院関係者による犯行の線で捜査が行われている様子は見えなかった。そこまで、手が回らないというのが実情だろう。捜査線上に名倉恭子や山路の名前は上がってきていない。

抱いた疑惑が、ますます深くなっていくのを感じた。真相を明らかにするためには、自分の足で動くしかなさそうだ。

そして気づいてみれば、二月の人事異動まで、もう一カ月を切っている。

こちらも、行動に出るべきときだった。

柴崎は朝いちばん、自宅のパソコンで、企画課長の中田政則の住所をラベル印刷した。念のためビニール手袋をはめて、糊《のり》のラベルが付いた封筒に登記事項証明書のコピーを入れた。打ちだしたラベルを封筒に貼《は》り、デイパックの中にしまいこんだ。準備は整った。どこでも投函《とうかん》することができる。

ポストに入れれば、遅くとも翌々日には中田の自宅に届くだろう。中にあるものを見て、中田は腰を抜かすにちがいない。あとは、電話一本で済むはずだった。

〝暴露されたくなければ、私を本庁へ戻すよう手配しろ〟

と。

書店に行くと雪乃に告げて自宅を出た。

小田急線に乗り綾瀬に向かった。

綾瀬駅に着くと、東口から出て、綾瀬川の方角へ足をむけた。五分ほどで、川のほとりに建つ小さなマンションに着いた。サンコート綾瀬という五階建ての古いマンションだ。三階の３０２号室に名倉恭子が住んでいる。独身でひとり住まいだ。名倉の勤務日程はあらかじめ調べてある。今日は、出勤でマンションにはいないはずだ。

六十歳は超えている女性管理人に用向きを話すと、すぐに中に入ることができた。マンションの一階から、単独で聞き込みを始めた。事件のことに触れることはできなかった。連れ去り事件のあった日とその翌日の午前にかけて、奇妙なことはなかったかと尋ねるしかなかった。二階まで、怪しい情報はなかった。

三階に上がった。名倉恭子の隣室のベルを鳴らす。若い女が現れた。問題の日のことを話すと、ぽかんとした顔で、

「何もなかったですけど」

と答えた。

名倉恭子の部屋を通りすぎて、すぐまた隣り合わせになっている戸を訪ねた。

こちらは四十代の夫婦が住んでいた。細君のほうが、

「そういえば、おとなりで猫の鳴いているような声がしましたけど」

という答えが返ってきて、柴崎は少なからず驚いた。

……もしかしたら、赤ん坊の泣き声ではないだろうか。

聞き込みを中断して一階に戻り、管理人に問題の日の防犯カメラの映像を見せてもらった。

防犯カメラは一階玄関の内側に備え付けられ、入ってくる人間をハードディスクに録画していた。まず、連れ去り事件のあった当日の玄関を撮った映像を早送りして見てみた。午前十一時から十二時のあいだに、赤ん坊を連れた人物はいなかった。念のために、その日の午後の分も見たが該当者はいなかった。管理人によれば、マンションのうしろにある非常口の階段には防犯カメラはついていないという。

名倉が赤ん坊を連れていたなら、そちらを使った可能性がある。

続けて、翌日分も見た。赤ん坊を公園に置き去りにした日だ。

正面玄関にその人物が現れたとき、柴崎は息が止まりそうになった。

午前十一時十二分、灰色のコートを着た恰幅《かっぷく》のいい男……山路直武に間違いない。

それから先、山路の姿は映像に残っていない。

柴崎の脳裏に、名倉の部屋から赤ん坊を連れだし、非常階段から外に出て行く義父の姿がまざまざと浮かんだ。抱いていた疑念がますます現実のものになっていく。独身の名倉恭子が池野亜紀の子どもを連れ去った心情はわからないでもない。しかし、山路がなぜ、そこまで深い関わり合いを持つようになったのか。

柴崎は綾瀬駅に戻り、暗然とした気分で千代田線に乗り込んだ。西日暮里で山手線に乗り換えて、池袋駅で降りた。そこから西武池袋線に乗り、練馬駅で下車して、駅前でタクシーに乗った。その病院を告げると、運転手は目白通りを北に向かって走りだした。環状八号線の交差点を右に曲がる。道路の左手に大きな建物が見えてきた。

練馬中央病院。名倉恭子が吉岡記念病院に移る前にいた病院だ。

ホールは広く、明るかった。受付には、最新式の自動会計機がずらりと並んでいる。エスカレーターで二階に上がった。名倉がいた産婦人科だ。ナースステーションで名刺を見せて、名倉の名を告げると、親しかった女の看護師を紹介された。

村松昭子《むらまつあきこ》。歳《とし》は名倉より少し上、四十前後に見えた。

昼食の時間だったので、一階のコンビニに併設された喫茶店で話をすることになった。デニッシュをつまみながら、柴崎は名倉の近況を話した。

「そうですか、元気にしてるんですね。よかった」

村松はそう言いながらも怪訝《けげん》そうな顔で、

「彼女、何か事件にでも巻き込まれたんでしょうか？」

と問い返してきた。

「いえ、まったくちがいますから、ご安心ください。彼女が問題ではありません。ただ、周辺で少し気になることがありまして、お邪魔させていただいただけです」

そう答えたものの、まだ警戒を解いていない気がする。

「名倉さんて、こちらの病院にいらっしゃったときの様子はいかがだったでしょう？」

柴崎はカフェオレを飲みながら、さりげなく訊《き》いた。

「彼女の離婚した旦那《だんな》さんのことですよね」

含みのある言い方をされて柴崎はすぐ、

「は、まあ、その件ですが」

と答えた。

村松は、ようやく納得したような顔で、ぽつぽつと話しだした。

名倉恭子の元の姓は、星川《ほしかわ》といった。星川家は地元の名家で、長男の星川達也《たつや》と、名倉恭子は、大学のサークルで知りあった。恭子は看護学科の学生、達也は法学部の学生だった。星川の家は祖父が通産官僚で父親も大企業の役員。エリート一家で育った。ただ、達也は幼いときから猛烈な暴力によるしつけを受けていた。

このため、大学にはいると、達也は実家とは距離をおいて、アパートでひとり暮らしをしはじめた。やがて、恭子は星川と同棲《どうせい》するようになり、恭子は卒業後、練馬中央病院に就職した。達也は法学関係の大学院に進んだ。その翌年、ふたりは結婚した。しかし、達也は学究生活がむいていないらしかった。途中で、司法試験に目標を変えてみたものの、何年たっても、合格できなかった。三十近くまで、生活費は恭子に頼っていた。

小さな法律事務所に就職したのは、達也が三十歳になってからだった。しかも、アルバイト。しばらくたち、生活費のことでふたりは喧嘩《けんか》になった。実家から金を借りてきてくれないかと恭子が頼んで、達也が逆上した。

それがＤＶの発端だった。恭子はたびたび怪我《けが》を負った。この病院での診察ははばかられて、町医者で治療を受けていたという。二年後、ようやく離婚が成立した。吉岡記念病院に移っていったときの事情は、聞いていないから知らないという。

星川恭子という看護師には人には言えない過去があった。病院を変わったのも、元の夫から身を遠ざけたい一心だったのかもしれない。

そこに山路が関わりを持っていたのが気にかかる。

話を聞き終えて、柴崎はタクシーで練馬駅に戻った。

駅前のポストが目についた。デイパックに入れた封書のことを思った。まだ、いいだろう。今日中に出せばいいのだ。

ホームで電車を待っていると、山路が西新井署のあと、練馬署に副署長として勤務していた時代があったことを思い出した。ちょうど、名倉がDVを受けていた時期だ。もしかしたら、ふたりはこのとき、知り合いになったのではないか。

ならば都合がいい。山路が練馬署にいた頃のことを知る、うってつけの人物がいる。おととし、警視庁の少年事件課を理事官で退職した坂本健治《さかもとけんじ》だ。山路の二年後輩で、三十年来のつきあいだ。山路宅で何度も会ったことがある。彼なら、きっと何かを知っているにちがいない。その場で電話を入れると、坂本から会ってもいいという返事をもらった。

夕刻、柴崎は東村山にある坂本健治の自宅を出た。夜のとばりが下りていた。靴底に鉛が張りついたように、足が重くなっていた。抱いている疑惑が払拭《ふっしょく》されるどころか、結果は逆だった。ますます、山路と名倉の関係は深く強かったことを知る羽目になった。

今日、訪ねたことは山路には内緒にしてほしいと坂本に頼み込んだが、彼らの間柄からして、それは無理だろうと柴崎は思った。今ごろ、坂本は山路に、「おたくの娘《むすめ》婿《むこ》がきて、練馬署時代のことを、あれこれ聞いていきましたが、どうかされましたか？」と連絡を入れているだろう。

仕方ないと柴崎は思った。明日、山路と会って、自分の考えをぶつけるよりほかにないだろう。

自宅に帰り着いたのは、七時を回っていた。

「本屋さんめぐり、ずいぶん時間がかかったのね」

台所のテーブルについて考えをめぐらしていると、雪乃から訊かれた。

「……今日、お義父《とう》さんから電話はあった？」

「ないけど、どうかした？」

「いや、いい」

「ビール飲まないの？」

「いらない」

柴崎はデイパックに入った封書のことを思った。今日は出しそびれた。……いや、出せなかったのだ。

「お酒つける？」

「いらない」
「どうしたの、変ね」

7

翌朝、柴崎は重い気分で自宅を出た。北区の滝野川にある山路直武の家に着いたのは午前十一時前だった。玄関脇《わき》の応接室には、現役時代の山路を連想させるものは写真一枚、置かれていなかった。警官として過ごしていた時代のことを、必ずしも誇らしいと思っていない警官OBは多い。優秀な警官ほど、そういう傾向にあるようだ。山路もそうした種類のOBかもしれなかった。

義母の八重《やえ》が、出まわりだしたイチゴとお茶を運んできた。ひとしきり三人で孫の克己の話をすると、八重は奥に引っ込んだ。柴崎が仕事の件で訪れたことを察知したためだ。

山路と会うのは、十日ぶりだった。連れ去られた赤ん坊が病院に戻ってきた日以来、一度も病院の総務部長室を訪ねていない。

「もう、署は落ち着いたか？」

山路はいつもとはちがう柴崎の様子を見て、じれったそうに言った。

「あ……まあ、それなりには」

それだけ言って、柴崎は山路の様子をうかがった。

「病院のほうはどうですか？　うちの人間が、たびたびお邪魔して、ご迷惑をかけているると思いますが」

「いや、気にしていない。仕事だから仕方ないだろ。君は通常業務に戻れたのか？」

「はい、おかげさまで戻りました。捜査にはタッチしていません。餅《もち》は餅屋にまかせるしかないと思っています」

「じゃ、捜査の進展はわからんか」

「細かなところまでは、聞いていませんが、難航しているのは間違いありません」

そう答えて相手の様子をうかがったが、山路に変化はない。

「池野亜紀と赤ん坊がめでたく退院したのが何よりだったと思います」

「そうだな。一時はどうなるかと思った」

「てっきり乳児院に入れると思っていたのに、意外でした」

「いまに、手に負えなくなって、泣きが入ってくるんじゃないかな」

「そのときはそのときで……」

「池野亜紀の交友関係に絞って捜査をしているのか？」

探るように訊かれ、柴崎はしばらく間をおいて答えた。

「それもあるだろうと思います。あれだけのことをしでかしたんですからね。真っ先に疑われて当然だと思います」

どことなく、白々しい顔つきの山路だった。

「実は昨日、坂本さんのお宅にお邪魔し……」

そこまで言うと、山路は柴崎の言葉をさえぎった。

「知ってる。電話があった」

やはり、あったか。ならば、都合がいい。

「池野亜紀の子どもの名前ですが、あれはお義父さんが付けたんではないですか？」

やぶからぼうに出た質問に、山路はとまどうように眉根《まゆね》をよせ、

「……美帆のことか？」

とつぶやいた。

「はい。美しいに帆掛け船の帆」

「坂本から聞いたのか？」

柴崎はうなずいた。「お義父さんが練馬署の副署長をされていた頃ですから、ざっ

と十年前になるでしょうか。練馬署の会計課の職員が、管内にある小さな外科医院の待合室にいたときのことです。窓口で若い女性が、事務員と押し問答をしていた。事務員は、『第三者行為ですから……がないと……扱えません』などと言っていた。会計課の職員は第三者行為という言葉でピンと来て、その女性が帰ると窓口の事務員に尋ねてみた。案の定、夫から暴力を受けていて治療を申し出たということがわかった。その女性は窓口で怪我の原因を聞かれて、夫から暴力を受けたことを話していたんですよ。窓口の事務員は、第三者行為による傷病届けを提出してほしいと言ったが、本人は出せないの一点張りだった。傷病届けを書けば、暴力をふるった夫に知られてしまいますからね。だから、彼女は書けなかった。それで、出せ、出さないで窓口でもめていた。翌日、会計課の職員は署でその話をした。副署長だったお義父さんも、話を聞いた。気になって部下を医院に送り込んで、被害にあっている女性のことを調べさせた。女性は星川恭子といいました。当時、練馬中央病院に勤めていた……その方こそ、名倉恭子さんではありませんか？」

山路は柴崎をにらみつけ、おもむろに口を開いた。

「あの医院にはわたしが直接出むいた。部下は星川という名前すら知らない。彼女は肋骨《ろっこつ》を二本折る怪我を負っていた。看護師であるにもかかわらず、第三者行為に頭がいかなかったくらいだから、相当、気が動転していたにちがいない。その足で、わたしは練馬中央病院にいる彼女を訪ねて事情を聞いた」

「それで、暴力をふるっていた夫と会って、仲裁したんですよね？」

「それに近いことはしたが、暴力はおさまらなかった。離婚に踏み切るよう彼女を説得したが、なかなか決心してくれなかった。彼女が折れて、離婚に踏み切ろうとしたとき彼女は身ごもっていた」

「それも聞きました。検査で女の子とわかっていた。彼女はお義父さんに、お腹《なか》にいる子どもの名付け親になってほしいと頼んだそうですね。お義父さんは美帆という名をさずけた。同じ名前を彼女が池野亜紀の子どもに付けたとき、さぞかし驚かれたことだと思います」

「君の想像にまかせる」

「そして、ある日、彼女は激しい暴力を受けた。それが元で彼女は流産してしまった……お義父さんはひどく後悔されただろうと思います」

山路は口を引き結んで答えなかった。

「わからないのは当時のお義父さんの対応です。なぜ、そうまで彼女を助けようとしたのかです」

「民事不介入という言葉を知らないか？」

重々しく山路は口を開いた。

「えっ、それがどうかしましたか？」

「当時はまだ民事不介入が原則だった。いまとちがって、積極的に介入しろと現場に言えなかった時代だった」

「元夫の目から逃れさせるために、お義父さんは彼女を吉岡記念病院に転職させた。そこまではわかります……でも、今回の件は……納得しかねるところがあります」

どう切り出すべきか、柴崎は思案に暮れた。

「名倉恭子が池野亜紀の子どもを不憫《ふびん》に思っていた心情は理解できますよ」柴崎は意を決して口を開いた。「だからといって、一線を越えてしまうのは、許されないではないですか」

「……………」

「あの日……連れ去り事件のあった日です。彼女は風邪など引いていなかった。故意に休みをとったのは、悪質だと思いませんか？　あの日は、ナースステーションに詰める看護師や医師が少ないことをあらかじめ名倉さんは知っていた。赤ん坊を連れ去るにはまたとないチャンスだと前の日からわかっていたんですよ。そして、午前十一時前、名倉恭子は制服を身につけて産科病棟まで上がった。万が一、妊婦たちに見つかったときに怪しまれないで済みますから。そして、沐浴室《もくよくしつ》あたりの陰に身をひそませて、こっそりとナースステーションをうかがった……」

そこまで言って、柴崎は義父の様子をうかがった。反論はないようだ。

「人気《ひとけ》がなくなるのを見て取ると、彼女はなにげないふうを装《よそお》って、妊婦たちのいる部屋の前を横切り、ナースステーションから新生児室に入った。証言からして、午前十一時ジャストのころだと思います。彼女は池野美帆の足首に付いているタグをはさみで切り取って、ワゴンの底に置いた。そして、持ってきたバッグの中に美帆をタオルにくるんで入れた。幸運なことに、新生児室を出てから、彼女はひとりの妊産婦にも出会わなかった。エレベーターは知り合いに見とがめられる恐れがあるから使えなかった。防火扉を開いて、階段を使った。一階まで下りる途中、彼女はばったりと……あなたと会ってしまった」

山路はだまりこんだまま、柴崎の言葉を待っているようだった。

「彼女は何も言わず、バッグの中に入っている赤ん坊をあなたに見せた。お義父さんは、彼女のやろうとしていることに気づいたはずです。その場で赤ん坊を奪い取って、部屋に返しておけばすべては丸くおさまった……でも、あなたはそうなさらなかった。

それを見過ごしたばかりか、新生児室に入って、もぬけの殻になったワゴンの中にあったICタグを抜き出した。そして、彼女と赤ん坊が逃げる時間を与えるために、それから三十分近い時間稼ぎをした。十一時半になって、あなたはそのICタグをポケットに入れて外に出た。保安室のアラームが鳴ったのはそのときです……おととい、お義父さんは病院を休みましたね。あの日、わたしは病院を訪ねて、連れ去り事件のあった当日の防犯ビデオを見直しました。ちょうど十一時半、正面玄関から出て行く男の後ろ姿を確認しました。他人はともかく、わたしはあれがお義父さんであると確信しています」

山路は待っていたかのように口を開いた。

「今日はそれを言いたくて来たのか？」

「ほかにありません」

言いながら、柴崎は少なからぬ不安を抱いた。山路の様子がさきほどから、変わらないのだ。もしかして、間違っているのは自分のほうなのか……。それをふりはらうように、柴崎は先を続けた。

「一瞬の気の迷いを、名倉恭子に突かれたのだと思います。とっさに連れ去りという犯罪の片棒を担《かつ》がされてしまったのです。でも、気がつけばそれを手助けしてしまっていた。ひどく後悔したろうと思うんですよ。ちがいますか？　翌日、名倉のマンションに出むいて、彼女を説得したんではないですか？　でも、起こしてしまった犯罪は消しようがない。子どもの命を何より優先させなければならない。

必死の説得の末、ようやく名倉は折れた。赤ん坊をどうやって返せばよいか。その方法をお義父さんは名倉に説いてきかせた。置き去りにする場所も、人目につかない場所を選んだ。おむつは必ず外しておけと名倉に教えた。それをすぐさま、実行に移させた。彼女は自分の車を使って、まんまと赤ん坊の置き去りに成功した。彼女から連絡を受けたお義父さんは、すぐ綾瀬署の刑事課に電話を入れて、赤ん坊の居場所を知らせた。そこまではすべてうまく運んだ。でも、心配になった名倉は、風邪で休んでいたにもかかわらず、すぐに病院に現れた。気になって仕方なかったんだろうと思うんですよ」

柴崎は名倉のマンションで聞き込みをした結果を話した。

山路は否定も肯定もしない。

「間違っていますか？　そうならそうと、返事をしてください。でないと変だ。まるで、罪を認めていると同じじゃないですか」

その時、これまでときおり神経質そうに動いていた山路の目が止まった。

踏ん切りをつけるように、肩でひとつ息をついたかと思うと、柴崎をにらみつけた。

山路の口がゆっくりと開かれるのを、柴崎は固唾《かたず》をのんで見つめた。

「……令司君、中田課長の件、何か見つけたか？」

一瞬、山路の言っている意味がわからなかった。

中田課長の件……何のことだ？　いや、どうして知っているのだ？

そこまで思って、柴崎は自分の甘さを痛感した。

去年の秋、中田の経歴を見せたではないか。あのとき、義父はすべてわかっていた。この自分が、中田を陥《おとしい》れるための方策を躍起になって考えていることを。

義父ならば、受け止めてくれると思っていた。組織にはときに苦汁を飲まされることも。私怨《しえん》に近い感情からとはいえ、組織の暗部を暴《あば》く道理も。

だが、それは甘えだったのだ。目の前にいる男はいま、この自分を潰《つぶ》しにかかろうとしている。

どうすればいい……。

その瞬間、柴崎は自分でも思ってもいなかった行動に出た。デイパックから、中田課長の賄賂《わいろ》の原資を示す証拠書類の入った封筒をとりだした。中身を引き抜いて山路に差し出した。

山路は登記事項証明書の写しと封筒に貼《は》られた宛名《あてな》を交互に見た。

そして、柴崎の顔をにらみつけ、

「中田の裏金の元か？」

と低い声で言った。

「…………」

「いくらある？」

「二千万は残っているかと思います」

「その金を上にばらまいてるのか？」

「はい、証拠写真もあります」

「たしかか？」

「間違いありません」

柴崎は赤坂の料亭で、中田が副総監と密会している現場写真を入手した経緯を話した。

「この口座や出金記録はどうやって、調べた？」

柴崎は、答えなかった。

「きみはもう、さんざん派手に動いてきたんだ。東京地検が嗅《か》ぎつけたら、どうする？　本庁が贈収賄事件の舞台になるんだぞ」

「そうなるかもしれません」

「喧嘩《けんか》両成敗ってことになりかねない。それくらい先が読めんか。この紙を見たとたん、中田は全力で先手を打つ。組織の要所要所に立つ人間を抱き込む。へたをすると返り討ちにあうぞ。それでもいいのか？」

「覚悟しています」

「君の覚悟など何の意味も持たん。ことはもっと大きいんだ。わからんのか？」

「…………」

「令司君、これから家に帰ったら、このコピーの原本は焼き捨てておけ。いいな」

そう言うと、山路は封筒に紙を入れ、ふたつ折りにして、自分のズボンのポケットにねじ込んだ。

柴崎は呆然《ぼうぜん》とそれを見つめた。

「相談はこれだけだな？」

山路に言われて、柴崎はようやく我に返った。

「いえ……さきほどのことです」

「池野美帆のことか？」

「どうしても知りたいんです。お義父《とう》さんが、連れ去りにからんでいるのかどうか」

「……さっき覚悟はできていると言ったな」

ふたたび山路が言った。

「あります」

山路はズボンのポケットに手をあてながら、

「とにかく、これはあずかっておく」

と静かに言った。

「だれの得にもならん。令司君、よく考えることだ」

それだけ言い残すと、山路は背をむけて部屋から出て行った。

覚悟？　だれの得？　いったいどういう意味なのだ。

8

人事異動の内示が出る二月十二日が訪れた。柴崎は朝から落ち着かなかった。

内示文書は、本庁とオンラインで結ばれた副署長の助川のパソコンから打ち出される仕組みだ。たいてい、午後の二時あたりに本庁から送信されてくる。

柴崎は自席でワープロを打ちながら、そのときが来るのを待っていた。

連れ去り事件の捜査態勢は縮小し、相変わらず、池野亜紀の周辺捜査に明け暮れている。あれから一度も山路から連絡はなかった。

会計課の知り合いから、電話が入ってきたのは、一月二十九日金曜日の昼前のことだった。警視庁福祉協会に、警視庁警察学校から二千万円近い額の返金が入ったことを知らせる電話だった。

山路が裏で動いたのだろうと推測できた。事実を突かれて、中田はあわてて手持ちの金を口座に戻し、すべてを本来、あるべき場所に移した。それだけのことだ。この入金は、監査で問題にされるだろう。でも、帰るべき場所に金が戻ったのだから、なんとでも説明がつく。上の責任問題もあるから、蒸し返されるようなことはない。内部告発でもない限り、マスコミに洩《も》れることもないだろう。

助川のパソコンから、オンラインで内示文書が打ち出されたのは、午後二時をまわったときだった。プリンターで吐き出された十枚近い文書をすくいあげて、助川は署長室に駆け込んだ。

柴崎はそのあとを追いかけた。

「ないなあ、俺の名前」紙を見ている署長の小笠原が、頭をかきながら言った。「もう半年かぁ」

助川はにやにやしながら、

「まあ、そう気を落とさずに、もう一年、仲良くいきましょうや」

「おっ、一年かあ、かなわんなあ」

ふたりの会話からすると、両人とも異動はなかったようだ。

「警備の高橋さんが地域部長だぞ」小笠原が言った。

「やりますねえ」

ふたりが興味津々《しんしん》で目を通した文書を、柴崎は奪い取るようにして自分の眼前にもっていった。

二枚目の末尾、警視正クラスの異動の最終行だ。

中田の名前を見つけた。

企画課長兼総務部参事官の中田課長は、都警察情報通信部通信庶務課長へ異動……。

天下の警視庁の企画課長が通信庶務課長へ配置換え。

事実上の更迭《こうてつ》だ。中田の生活安全部長への昇任はない。柴崎は安堵《あんど》した。

上層部は中田の悪事を察知したのだ。山路の工作としか思えなかった。

柴崎は続けて文書をめくった。自分の名前はどこにもなかった。

予想していたから、べつだんの驚きはなかった。

あと半年……もしかしたら丸一年、この自分はこの綾瀬署に置かれる。

好き嫌いを言える立場ではないのだし。

柴崎はそう心の中でつぶやくと、会話を弾ませるふたりに背をむけて署長室から立ち去った。

解説

香山二三郎

本書は二〇一〇年、第六三回日本推理作家協会賞短編部門賞を受賞した「随監《ずいかん》」を含む全七篇からなる連作長篇である。

表題に示されている通り、ジャンルでいえば警察小説。

今や映像の世界でも人気を誇る警察小説だが、その内容は多岐に分かれる。主流はもちろん犯罪捜査の現場を描いた捜査小説であるが、それにも警官探偵の活躍を描くヒーローもの系と警官たちの組織だった捜査を活写する集団捜査もの系とがある。前者は大沢在昌『新宿鮫《しんじゅくざめ》』（光文社文庫）のシリーズ、後者は『二重標的《ダブルターゲット》 東京ベイエリア分署』（ハルキ文庫）に始まる今野敏の警視庁東京湾臨海警察署・安積《あづみ》班シリーズあたりを思い浮かべればわかりやすいか。

もっとも警察には市井《しせい》の犯罪捜査に当たる刑事部だけでなく、テロや防諜《ぼうちょう》に従事する公安部や、普通の会社と同様、人事や会計等の管理部門もあって、近年の警察小説人気はそうした管理部門の職員の話にも支えられている。そのパイオニアは一九九八年に「陰の季節」で第五回松本清張賞を受賞、作家デビューした横山秀夫であるが、本書は管理部門をクローズアップした横山作品直系の警察内幕小説というべきか。

　主人公の柴崎令司《しばざきれいじ》は三六歳の警部。警視総監直属の警視庁総務部企画課に異動したばかりの、ばりばりのエリートだ。冒頭の表題作**「撃てない警官」**は、その柴崎のもとに部下である木戸和彦巡査部長の拳銃《けんじゅう》自殺の報が届くところから始まる。木戸は鬱《うつ》病《びょう》の治療中だったが回復に向かっており、その日に行われた拳銃射撃訓練にも参加させるよう企画課長の中田から電話で許可が出ていた。だが中田はそんな連絡はしていないという。電話をしてきたのが中田であれ、他の誰であれ、柴崎は自分を陥《おとしい》れようとする者の陰謀だと疑る。柴崎は木戸の妻から、夫が犯罪被害者の女性と不倫していたらしいことを知らされるが、刑事の経験のない彼にはそれが自殺とどんな関わりがあるのか調べようがない。やがて自分だけ詰め腹を切らされて、綾瀬《あやせ》署警務課の課長代理に異動させられる羽目に。

　木戸を訓練に参加させるよう電話をかけてきたのはいったい誰か。その謎解《なぞと》きが読みどころであるのはいうまでもないが、それ以上に肝心なのは主人公の柴崎がいきなり出世の道から外されてしまうこと。エリート意識が強く、「人権とかプライバシーなどいっさい、おかまいなく、番犬のように与えられた犯罪という餌《えさ》に飛びつくしか能がない」と刑事をこきおろしていた彼が、実は基本的な捜査能力を有しておらず、事態に対処できないまま所轄署《しょかつしょ》に飛ばされるとは。以下の六篇も異動先の綾瀬署を舞台にした話となる。

続く「孤独の帯」は七月のある日、とあるアパートで老女が変死体となって見つかり、柴崎は直属の上司である副署長兼警務課長の助川に命じられ、実況見分に駆り出される。柴崎はかつて警部補に昇任した際、警察学校で助川から現行犯逮捕の経験がないことを指摘され、恥をかかされたことがあった。死体発見現場の凄《すさ》まじさに辟易《へきえき》しながらも、彼は検視や捜索を見守るが、数日後ひょんなことから些細《ささい》な事実に気付く……。

刑事経験のない柴崎は刑事に対する偏見を抱いていたが、その原因のひとつらしき出来事が本篇で明かされる。その張本人、副署長の助川のキャラクターがいい。刑事出身で「ゆくゆくは警視正、課長職、あわよくば上の参事官まで」狙《ねら》える地位にありながら、いまだに現場が好きで足を運んだりする。押しは強いが、柴崎の屈折ぶりをちゃんと察するだけの懐《ふところ》の深さがあるのだ。むろん柴崎に手柄を立てさせるのもその証左といえよう。

「第3室12号の囁《ささや》き」では綾瀬署管内で近日開催される柔道世界選手権の極秘の警備計画書が紛失する。しかし幹部たちが捜索に追われる中、柴崎は留置担当官——看守の青木巡査長に留置人への便宜供与の疑いが持ち上がり、対応に苦慮していた。柴崎は青木を尾行し彼が留置人と関わりのある女と会っているところを目撃、疑いを強める。

書類の紛失で思い出されるのは第五三回日本推理作家協会賞短編部門賞を受賞した横山秀夫の名篇「動機」（『動機』所収　文春文庫）である。そこでは一括保管されていた三〇冊の警察手帳が紛失するという前代未聞の事件が起きる。それに比べると本書の事件は現実的であるが、警備計画書の紛失はテロにつながる可能性もあるわけで、やはり綾瀬署がひっくり返るほどの事態には違いない。もっとも柴崎は別の事案に頭を悩ませており、そちらは紛失事件とは関わりがなさそう。そんなふたつの事件を、著者はどうまとめてみせるのか。こちらも「動機」に決して引けを取らない趣向が凝らされている。

「片識《かたじき》」の出だしは柴崎が夕方北千住でひとりの男を尾行しているシーン。尾行されている男も若いＯＬの部屋を監視していたが、その男、森島常夫は現職の警官だった。三日前、女性が電話でストーカー被害を訴えた。警官の不祥事がたび重なる中、署の人事をあずかる柴崎は重い腰を上げるが、素行に問題があるわけでもない五五歳の交番警官が何故若い女をストーキングするのか解《げ》せない。ストーキングは三ヶ月前から始まったというが、柴崎は女性が今になって被害を訴え出てきたことに疑念を抱く。

表題は昔の刑事用語でストーカーのことだそうで、本篇は一転して近年多発している事件を扱っている。「孤独の帯」で初手柄を立てた柴崎だが、本篇では本来の仕事である署長の秘書役を務める傍ら、いやいやながらも森島を尾行、監視を続ける刑事仕事に従事する。被害者女性につきまとう森島の行為は本当に〝片識〟なのか。やがて事態は意外な方向に向かうが、その結果、柴崎は本来の職務たる組織防衛の使命感にも駆られることになる。

続く「内通者」はインターミッション的な一篇。冒頭の「撃てない警官」に登場した人物が再登場、柴崎に自殺事件の責任を押し付け追い出した中田企画課長のスキャンダルにつながる証拠を見せられる。柴崎は方面本部の本部長まで務めた義父・山路《やまじ》直武《なおたけ》の協力も得て、中田への報復と本庁復帰を果たすべく執念を燃やす。

日本推理作家協会賞に輝いた「随監」は綾瀬署に方面本部の随時監察――随監が入るところから始まる。程なくある交番で被害届が放置されていたことが発覚。被害届を受理した村井巡査は若手の優秀な交番警官だったが、彼は同交番の名物所長・広松《ひろまつ》昌造《しょうぞう》巡査部長に被害届を隠匿《いんとく》するよう命じられたといい出す。広松は地域住民の信頼厚い模範的所長としてつとに知られていたが、やがて署に現れた広松は上司を呼び捨てにするわ、監察官をおまえら呼ばわりするわの傍若無人な男であった！

一件の調査と報告を命じられた柴崎はまたもや気を重くしながらも関係者に話を聞いて回り、事件の裏事情を知ることになる。勤務態度不良と思われた広松の行為が次第に反転していくところが読みどころだが、ポイントは彼のキャラクター造形にあり。上司に反抗的な態度にも理由があって、それはかつて彼が関わった大事件の顚末《てんまつ》と関係していた。それがきっかけでへそまがりになった広松。その異色の警官像は、今もエリート意識をぬぐい切れず、上司への報復に燃える柴崎と対照的といえようか。そう、本篇のキモはこれ一篇のみの面白さにはあらず、それまでの各篇で描かれてきた柴崎の足跡、キャラが広松のそれと共鳴し合っている点にあろう。本書を連作の短篇集ではなく、各篇が有機的につながっている〝長篇〟ととらえたい所以《ゆえん》である。

最終篇の「**抱かれぬ子**」では柴崎はついに宿敵・中田企画課長の急所をつかむ。彼が賄賂《わいろ》に使っている金の出所を見つけたのだが、それをどう生かすか考える間もなく、ショッピングセンターの女子トイレで赤ん坊が産み落とされる事件が起きる。赤ん坊と産みの親である女子高生が運ばれたのは柴崎の義父・山路が総務部長を務める病院だったが、やがて何者かに連れ去られたのか、赤ん坊がいなくなってしまう。

連れ去り事件のスリリングな展開が読みどころであるのはいうまでもないが、そこに中田課長への報復を進めようとする柴崎の姿が絡《から》み合い、異様なムードが立ち込める。「随監」と同様、ここでも連れ去り事件にまつわる関係者の思惑と中田報復に燃える柴崎の思惑とが微妙に共鳴し合ってくる。そしてそこから、連れ去りの犯人や中田に対する〝罪と罰〟のありかたが改めて問い直されるのだ。山路から警察官としてあるべき姿を示される柴崎だが、その心中は異動が決まった半年前と果たしてどう変わったのか。

ちなみに著者は「随監」について次のように述べている。「最初は本庁の十階あたりにある管理部門を舞台にした小説を書こうかなと思っていたんですね。書きついでいくうちにあんな感じになったんですが、日本推理作家協会賞をいただいてびっくりしちゃいました（笑）。警察小説を書くのが難しいと思うのはキャラクターです。どういうキャラクターにするかというところが一番悩ましいというか、そこが工夫のしどころだと思うんです」（『ジャーロ』2011 spring No. 41 光文社）。

冒頭、筆者は本書のことを横山秀夫直系の警察内幕小説だといったが、これは内幕小説であると同時に、警察官としての柴崎の挫折《ざせつ》と再生を描いた成長小説でもある。「撃てない警官」では必ずしも共感できるキャラとはいえない柴崎だが、助川というよき上司を得て、徐々に変貌《へんぼう》していく。その変貌ぶりをご堪能《たんのう》いただきたいと思う。

第七回日本推理サスペンス大賞優秀作となった長篇『死が舞い降りた』で作家デビューしてから一五年、著者は本来の実力が十二分に発揮できるジャンルについに巡り会った。警察小説に手を染めたことでこれほど功を奏した作家も少ないのではないだろうか。実際、著者は本書の一ヶ月前、新聞記者ものの『殺人予告』とともに、難事件の捜査から外された刑事の孤独な戦いを描いた『潜行捜査　一対一〇〇』を上梓《じょうし》、二ヶ月後には警視庁生活安全部特別捜査隊の活躍を描いた『聖域捜査』を上梓しているわけで、「随監」の日本推理作家協会賞受賞と合わせて、二〇一〇年は著者の警察小説大ブレイクの年と相なった。

その後も『聖域捜査』の続篇『境界捜査』や、表題通り人質立てこもり事件に立ち向かうSITの活躍を描いた『12オクロック・ハイ――警視庁捜査一課特殊班』を上梓するなど順調に新作を重ねているが、もともとはサスペンスミステリーを主体に多彩な作風を誇る書き手である。本書の続篇ともども、他ジャンルのドギモを抜く新作も期待したいところである。

●安東能明　著作リスト

死が舞い降りた（一九九五年一月　新潮社）
鬼子母神（二〇〇一年二月　幻冬舎／二〇〇三年一〇月　幻冬舎文庫）
漂流トラック（二〇〇一年一〇月　新潮社）
15秒（二〇〇二年八月　幻冬舎）
幻の少女（二〇〇三年八月　双葉社）
強奪箱根駅伝（二〇〇三年一〇月　新潮社／二〇〇六年一二月　新潮文庫）
ポセイドンの涙（二〇〇五年七月　幻冬舎／【改題】水没——青函《せいかん》トンネル殺人事件　二〇〇七年一二月　幻冬舎文庫）
螺旋宮《らせんきゅう》（二〇〇五年一一月　徳間書店）
アドニスの帰還（二〇〇七年九月　双葉社）
予知絵（二〇〇九年七月　角川ホラー文庫）
殺人予告（二〇一〇年九月　朝日文庫）
潜行捜査　一対一〇〇（二〇一〇年九月　双葉社）
撃てない警官（二〇一〇年一〇月　新潮社）本書

聖域捜査（二〇一〇年一二月　集英社文庫）
境界捜査（二〇一二年三月　集英社文庫）
12オクロック・ハイ――警視庁捜査一課特殊班（二〇一二年四月　中央公論新社）

（二〇一三年三月、コラムニスト）

この作品は二〇一〇年十月新潮社より刊行された。

撃《う》てない警《けい》官《かん》

新潮文庫　あ－55－2

平成二十五年　六　月　一　日　発　行
平成二十七年　三　月　五　日　十　刷

著　者　安《あん》東《どう》能《よし》明《あき》

発行者　佐藤隆信

発行所　株式会社　新潮社

郵便番号　一六二―八七一一
東京都新宿区矢来町七一
電話　編集部(〇三)三二六六―五四四〇
読者係(〇三)三二六六―五一一一
http://www.shinchosha.co.jp

価格はカバーに表示してあります。

乱丁・落丁本は、ご面倒ですが小社読者係宛ご送付ください。送料小社負担にてお取替えいたします。

印刷・大日本印刷株式会社　製本・憲専堂製本株式会社

ISBN978-4-10-130152-5 C0193